村上春樹 翻訳ライブラリー

愛について語るときに我々の語ること

レイモンド・カーヴァー

村上春樹 訳

中央公論新社

目次

ダンスしないか？　11
ファインダー　25
ミスター・コーヒーとミスター修理屋　35
ガゼボ　43
私にはどんな小さなものも見えた　59
菓子袋　71
風呂　87

出かけるって女たちに言ってくるよ　105
デニムのあとで　123
足もとに流れる深い川　143
私の父が死んだ三番めの原因　161
深刻な話　187
静けさ　203
ある日常的力学　215
何もかもが彼にくっついていた　221
愛について語るときに我々の語ること　237

もうひとつだけ　267
解　題　村上春樹　277

テス・ギャラガーに

ジョン・サイモン・グッゲンハイム助成金と芸術助成財団の国家助成金をいただいたことに感謝の意を表したい。またキャプラ・プレスのノエル・ヤング氏に厚くお礼を申し上げる。

愛について語るときに我々の語ること

ダンスしないか？

Why Don't You Dance?

キッチンで彼は酒のおかわりをグラスに注いだ。そして前庭に並べた寝室のセットを眺めた。マットレスはむきだしにされ、キャンディー・ストライプのシーツは二個の枕と一緒に洋タンスの上に並べられていた。それを別にすれば、みんな寝室にあったときとだいたい同じに見えた。ベッドの彼の側にナイト・スタンドと読書灯、彼女の側にもナイト・スタンドと読書灯。

彼の側、彼女の側。

ウィスキーをすすりながら、そのことについて考えた。

洋タンスはベッドから数フィート離れたところに置かれている。その朝、彼はタンスの引き出しの中身を洗いざらい、いくつかの段ボール箱にあけた。その箱は居間に置いてある。ポータブルのヒーターが洋タンスの隣にあった。派手なクッションのついた籐椅子はベッドの隣にあった。磨きこまれたアルミニウムのキッチン・セットは車寄せの一画を占めていた。もらいものの黄色いモスリンのテーブル・クロスは大きすぎて、テーブルのわきからだらんと垂れ下がっている。鉢植えのしだがテーブルの上に載っている。その隣にはナイフやらフォークのつまった箱とレコード・プレイヤー、どちらも贈りものだ。大きなコンソール型のテレビはコーヒー・テーブルの上にあった。そしてそこから数フィート離れてソファー・セットとフロア・スタンド。デスクはガレージのドアに押しつけるようにして置いてある。デスクの上には調理用具が少しと、壁掛けの時計と、額に入った版画が二枚載っている。車寄せには新聞紙にくるんだカップやグラスや皿のつまった段ボール箱もある。その朝、彼はクローゼットの中をからっぽにした。そして居間にある段ボール箱三つの他は何もかも家の外に出した。延長コードを引っぱって、ちゃんと電気も通した。全てのものが家の中に置かれていたときと同じように作動した。

ときどき車がスピードを緩め、人々はじろじろと眺めた。しかし足を止めるものは一人としていなかった。

もし逆の立場だったら俺だってやはり立ち止まらないよな、と彼は思った。

「きっとヤード・セールよ」と娘は若者に言った。

若者と娘はちょうど小さなアパートの部屋の家具を揃えているところだった。

「ベッドの値段をきいてみましょうよ」と娘が言った。

「テレビもね」と若者が言った。

若者は車寄せに車を入れ、キッチン・テーブルの前で停めた。

二人は車を下りて、品物を物色しはじめた。娘はモスリンのテーブル・クロスを触り、若者はブレンダーのプラグを差し込み、ダイヤルを〈細かく砕く〉というところに合わせた。娘はこんろつきの卓上鍋を手に取り、若者はテレビのスイッチを入れて画像を微調整した。

彼はソファーに座ってテレビを見た。煙草に火をつけ、あたりを見まわしてからマッチを芝生の中にはじきとばした。

娘はベッドに腰をかけた。そして靴を脱ぎ捨てると、ごろんと仰向けに寝転んだ。星が見えそうな気がした。

「ねえ、こっちに来てよ、ジャック。ベッドに横になってみて。そこの枕を一つ持って来て」と彼女は言った。

「寝心地はどう？」と彼は言った。

「試してみれば」と彼女は言った。

彼はあたりを見まわした。家の中は暗かった。

「なんか変な感じだなあ」と彼は言った。「家に誰かいるか見てきた方がいいんじゃないかな」

彼女はベッドの上でぴょんぴょんはねた。

「その前に試してみれば」と彼女は言った。

彼はベッドに横になり、頭の下に枕をあてた。

「どう？」と彼女が訊ねた。

「なかなかしっかりしてるね」と彼は言った。

彼女は横を向いて、彼の顔に手を置いた。

「キスして」と彼女は言った。

「もう起きようぜ」と彼は言った。

「キスしてよ」と彼女は言った。

彼女は目を閉じて、彼に抱きついた。

「誰か人がいるか見てくるよ」と彼は言った。

しかし彼はベッドの上に身を起こしただけで、テレビを見ているつもりになっていた。

通りに並んだ家々の明かりが灯りはじめた。

「ねえ、もしこうだとしたらおかしいでしょうね？　もしさ……」彼女はそう言って笑みを浮かべ、あとは言わなかった。

若者も笑ったが、何かがおかしくて笑ったわけではなかった。それから、とくに理由もなく読書灯をつけた。

娘は蚊を手で払った。それをしおに若者は立ち上がってシャツの裾をたくしこんだ。

「家の中に誰かいないか見てくるよ」と彼は言った。「誰もいないみたいだけど、もしいたら値段のことをきいてみる」

「金額を言われたら、それより十ドル安く持ちかけるのよ。それがコツなの」と彼女は言った。「それにきっとその人たちずいぶんやけっぱちになっているみたいだし」

「このテレビ悪くないぜ」と若者は言った。

「値段をきいてみれば」と娘は言った。

男はマーケットの紙袋を抱えて歩道を歩いてきた。袋にはサンドイッチとビールとウィスキーが入っている。車寄せに車が停まり、娘がベッドの上にいるのが見えた。テレビがついていて、若者がポーチにいた。

「こんちは」と男は娘に言った。「ベッドに目をつけたね。結構結構」

「こんちは」と娘は言って、起き上がった。「ちょっと具合を見てたんです」そしてベッドを手で叩く。「なかなか良いベッドですね」

「実に良いベッドだよ」男はそう言って袋を下に置き、そこからビールとウィスキーを取り出した。

「誰もいないみたいだったから」と若者は言った。「ベッドが欲しいな。それからできればテレビも。デスクもいいですね。ベッド、いくらで売るんですか?」

「五十ドルってとこだね」と男は言った。

「四十でどう?」と娘が訊ねた。

「四十で手を打とう」と男が言った。

彼は段ボール箱からグラスを出し、くるんでいた新聞紙をとった。そしてウィスキーの栓をあけた。

「テレビはいくら?」と若者が言った。

「二十五」

「十五にしてよ」と娘が言った。

「十五できまり。それでいいよ」と男は言った。

娘は若者の顔を見た。

「なあ君たち、一杯やらないか」と男は言った。「グラスは箱の中にあるよ。俺は一服して座らせてもらうよ。そこのソファーに座る」

男はソファーにゆったりともたれて、若者と娘を眺めた。


若者はグラスを二つとって、ウィスキーを注いだ。

「それくらいでいいわ」と娘は言った。「水で割りたいんだけど」

彼女は椅子を引いてキッチン・テーブルの前に座った。

「そこの蛇口の水が出るよ」と男は言った。「まわしてごらん」

若者がウィスキーを水で薄めてやった。彼は咳払いしてからキッチン・テーブルの前に座った。そしてにっこりと笑ったが、グラスの酒には手をつけなかった。

男はじっとテレビを見ていた。一杯めのウィスキーを既に飲み干し、二杯めに口をつけていた。彼は手をのばしてフロア・スタンドのスイッチを入れようとしたが、そのときソファーのクッションのあいだに火のついた煙草を落としてしまった。

娘が立ち上がって、煙草を捜すのを手伝ってやった。

「それで君は何が欲しい？」と若者が娘に訊ねた。

若者は小切手帳を出して、考え込むようにそれを唇にあてた。

「デスクが欲しいわ」と娘は言った。「デスクはど﹅ん﹅な﹅く﹅ら﹅い﹅の値段かしら？」

男はその妙な言葉づかいに対してどうでもいいといった風に手を振った。

「好きな値段でいい」と彼は言った。

彼はテーブルの前に座っている二人を眺めた。電灯の光の下で、二人の顔には何かがうかがえた。それは好ましいものなのか、あるいはねじくれたものなのか。彼には読みとれない。


「テレビを消して、レコードをかけよう」と男は言った。「レコード・プレイヤーも売り物だ。安いよ。値段をつけてくれ」

彼はウィスキーをグラスに注ぎ、ビールを開けた。

「洗いざらい売り物だ」と男は言った。

娘がグラスを差し出すと、男は酒をついでやった。

「どうも有り難う」と彼女は言った。「親切なのね」

「そんなに飲んだら酔っ払っちゃうぜ」と若者が言った。「僕もまわってきたみたいだ」そしてグラスを上げて左右に振った。

男は酒を飲み干し、また新しく注いだ。それからレコードのつまった箱を捜しだした。

「好きなのを選んでくれ」と男は言って、レコードを娘に差し出した。

若者は小切手に数字を書きこんでいた。

「これ」と言って娘は一枚取った。レコードのラベルに書いてある名前は知らないものばかりだったので、あてずっぽうに選んだ。彼女は椅子から立ち上がり、また座った。なんだか落ち着かない気分だった。

「小切手は持参人払いでいいですね？」と若者が言った。

「いいとも」と男が言った。

彼らは酒を飲み、レコードを聴いた。レコードが終わると、男は別のレコードをかけた。

君たちダンスすればいいのに、と言ってみようかなと男は思った。そしてそう口に出した。「君たちダンスすればいいのに」

「いえ、結構ですよ」と若者が言った。

「遠慮することはない」と男が言った。「うちの庭なんだ。踊りたきゃ踊ればいいんだ」

相手の体に両腕をまわし、体をぴたりとつけて、若者と娘は車寄せを往復するようにして踊った。レコードが終わると、もう一度それが繰り返された。二度めが終わったとき「酔っ払っちゃったな」と若者が言った。

「酔っ払ってないわよ」と娘が言った。

「いや、酔っ払っちまった」と若者が言った。

男はレコードを裏返した。もうだめ、と若者が言った。

「踊りましょうよ」と娘は若者に言った。それから男に向かって同じことを言った。

男が立ち上がると、娘は両腕を大きく広げて彼の方に歩み寄った。

「近所の人たちが見てるわ」と彼女が言った。

「かまうものか」と男は言った。「うちの庭なんだ」

「見させときゃいいのね」と娘が言った。

「そのとおり」と男が言った。「連中はここで起こったことはすべて目にしたつもりでいる。でもこういうのはまだ見たことないはずだ」

彼は娘の息づかいを首筋に感じた。

「あのベッド、きっと気に入るよ」

娘は目を閉じ、それから目を開けた。彼女は男の肩に頬を埋めた。そして男の体を抱き寄せた。

「相当やけっぱちになってるわよね」と彼女は言った。

何週間かあとで、彼女はそのことについて語った。「中年の男よ。家財道具一式を庭に並べてたの。マジで。それで私たちぐでんぐでんに酔っ払ってね、ダンスしたの。車寄せでよ。本当の話。笑わないでよ。その人がここにあるレコードをかけてくれたの。このレコード・プレイヤー見てよ。そのおじさんが私たちにくれたの。このしょうもないレコードもぜんぶ。まったく、もう」

彼女は会う人ごとにその話をした。しかしそこにはうまく語り切れない何かがあった。彼女はそれをなんとか言い表そうとしたのだが、だめだった。結局あきらめるしかなかった。

ファインダー

Viewfinder

両手のない男がやって来て、私の家の写真を売りつけようとした。クローム製の義手を別にすれば、彼はありきたりの五十がらみの男だった。

「どうして両手を失くしたりしたの？」彼が用向きを述べたあとで、私はそう訊ねてみた。

「そんなことどうでもいいでしょ」と彼は言った。「写真を欲しいの？　それとも欲しくないの？」

「まあ中に入れば」と私は言った。「ちょうどコーヒーいれたところだから」

ちょうどジェロも作ったところだったのだけれど、それは言わずにおいた。

「それじゃついでにトイレも使わせてもらおうかな」と両手のない男は言った。

私としては彼がどんな風にカップを持つのかちょっと見てみたかったのだ。

男がカメラをどうやって持つかはもうわかっていた。カメラは旧式のポラロイドだった。大きくて、黒い。彼はそれにストラップをつけて肩から背中にまわし、胸にしっかりと固定していた。彼はうちの前の歩道に立ち、家をファインダーに収め、片方の義手でシャッターを押す。やがて写真が出てくる。

要するに、私は窓からずっとその作業を眺めていたわけだ。

「トイレはどっちに行きゃいいんでしたっけ?」

「そっちに行って右の方」

身を折りまげるようにかがめて、彼は体からストラップをはずした。ソファーの上にカメラを置き、上着のよじれをなおした。

「用足ししてるあいだに写真を見ておいて下さいな」

私は写真を受けとった。

狭い矩形の芝生、車寄せ、カー・ポート、玄関のステップ、張り出し窓《ベイ・ウィンドウ》、そして私が彼を眺めていたキッチンの窓。

やれやれ、いったいどうして私がこんな悲劇の現場写真みたいなものを欲しがるというんだ?

私は写真に目を近づけ、キッチンの窓に私の頭が写っているのを見つけた。わたしのあたまがだ。

そんな自分の姿を見ていると、複雑な気持ちになった。そういうのって、たしかに人を複雑な気持ちにさせる。

便所の水が流れる音が聞こえた。それから男が顔に笑みを浮かべ、ズボンのチャックをしめながら戻ってきた。片方の義手でベルトを押さえ、もう片方でシャツの裾をズボンにたくしこんでいる。

「どうです?」と彼は言った。「気に入ってくれました? 自分ではよく撮れたと思ってるんですよ。手応えバッチリ。自慢じゃないけど、なんてったってプロの仕事ですよ」

彼はズボンの股の部分を引っぱってなおした。

「コーヒーをどうぞ」と私は言った。

「一人暮らし、ですよね?」と彼は言った。

彼は居間をじっと眺め、それから首を振った。

「きついよねえ」と彼は言った。

彼はカメラのわきに腰を下ろし、溜め息をつきながらゆったりと背中をのばした。

そしてわかってはいるけど口には出さないという表情で微笑んだ。

「コーヒーを飲めば」と私は言った。

私は頭の中で一生懸命話題を探した。

「さっき子供が三人この辺をうろうろしててね、うちの住居標示を舗道のふち石に書かせてくれって言ったんだ。一ドルでいいって言うんだけど、ひょっとして、おたくはそれについて心あたりないかな？」

ただのあてずっぽうだったが、それでも私は男の出かたをじっと見守った。

彼は二本の義手でカップを抱えたまま、考え深そうに前かがみになり、カップをテーブルの上に置いた。

「あたしは一人で商売してましてね」と彼は言った。「これまでもずっとそうだったし、これからもずっとそうするつもりでさ。何のことだかよくわからないね」

「関係があるんじゃないかって思ったんだよ」と私は言った。

頭が痛んだ。コーヒーを飲んでも痛みは引かない。ジェロならたまに利くことがあるのだが。私は写真を手にとった。

「台所にいたんだ」と私は言った。「ふだんは奥にいるんだけどね」

「珍しいことじゃない」と男は言った。「みんな急に出ていっちゃったんだね。そういうことでしょうが。いずれにせよあたしは一人で仕事しています。それでどうするの？　写真は買ってもらえるのかね？」

「もらうよ」と私は言った。

私は立ち上がってコーヒーカップをかたづけた。

「そうこなくちゃ」と男は言った。「あたしはダウンタウンに部屋を借りてるけど、悪くないですよ。バスに乗ってその近辺でぐるっと仕事をしてね、ひととおりやっちまうと別のダウンタウンに移るんです。そういうことをしてるわけ。ねえ、あたしにも子供がいたんですよ。おたくと同じようにね」と彼は言った。

私はカップを手に持ったまま、男がもごもごと苦労してソファーから立ち上がるのを見ていた。

男は言った、「おかげでこのとおりでさ」

私は男の義手をじっと眺めた。

「コーヒー有り難う、それからトイレもね。ま、お気の毒です」

彼は両方の義手を上げて、それから下ろした。

「ちょっと待って」と私は言った。「いくらなの？　僕と家が一緒に入った写真をもっと撮ってほしいんだけどさ」

「無駄ですよ、そんなことしたって」と男は言った。「そんなことしたって帰ってきやしないんだから」

それでも私は男の体にカメラのストラップをかけてやった。

「割り引いて、三枚で一ドル」と男は言った。「それ以上値引きするとあたしもやってけなくてね」


我々は家の外に出た。男はシャッターを調整した。私がどこに立てばいいのか彼は教えてくれた。そして撮影にとりかかった。

我々は家のまわりを歩いてまわった。すごくシステマティックに。私は横を向いたり、カメラの方をまっすぐ見たりした。

「結構」と男は言った。「結構結構」我々は家をぐるりと一周して、またフロント・ポーチに戻った。「これで二十枚。もういいでしょ」

「いや」と私は言った。「屋根の上が残ってる」

「参ったな」と男は言った。男はちらちらとあたりに目をやった。「まあいいや。どうぞお好きに」

「一人残らずだよ。みんなどこかに行っちまったんだ」

「これを見てごらんよ！」と男は言って、両方の義手をもう一度持ち上げた。

私は家に戻って椅子をとってきた。それをカー・ポートの前に置いてみたが、上にはとどかなかった。それで木箱を持ってきて椅子の上に置いた。

屋根の上は素敵だった。

私は立ち上がってあたりを見まわした。私が手を振ると両手のない男も義手を振ってかえした。

そのとき私はそれを見つけた。小石だ。煙突の穴をふさいだ網の上に、まるでささやかな小石の巣といった格好で、小石がのっていた。もちろん子供たちだ。子供はよくそういうことをする。石を投げて、煙突の中に落とそうとするのだ。

「いいかい？」と私は呼びかけ、石を一つ手に握った。そして男が私をファインダーの中に収めるのを待った。

「いいよお！」と男が声をかけた。

私は腕を後ろに振りあげ、そして大声で「ほら！」と怒鳴り、その石ころを力いっぱい遠くに放り投げた。

「困るなあ」と彼が大声で叫ぶのが聞こえた。「あたしは動いてるものは撮らないんだ」

「もう一回！」と私は怒鳴った。そして石をもうひとつ手にとった。

ミスター・コーヒーとミスター修理屋

Mr. Coffee And Mr. Fixit

いろんなことを目にしてきた。私は母親の家に行って何日か泊めてもらおうと思った。ところが階段を上ったところで、ソファーの上で母が男とキスをしているのを目にした。夏のことで、ドアは開けっぱなしになっていた。テレビもついていた。それが目にしたことの一つだ。

私の母親は六十五である。彼女は独身者のクラブに入っている。でもそういうのを目にするのは結構きつかった。私は手すりに手を置いて、その男が母にキスしているのをじっと見ていた。彼女もそれにこたえていた。そしてテレビがつけっぱなしになっていた。

今では状況は好転している。でもその当時、母親がそんな風に楽しくやっていたころ、私は仕事にあぶれていた。私の子供たちは気が変になっていたし、妻も頭がおかしくなっていた。そして彼女もまた他の男とつきあっていた。相手の男は、これもまた失業中の宇宙工学のエンジニアだった。妻はその男とアルコール中毒者更生会で知り合ったのだが、彼もまた頭がおかしくなっていた。

男の名前はロスといって、六人の子持ちだった。彼は歩くときに片脚をひきずっていた。最初の奥さんに銃で撃たれたのだ。

その当時、我々がなにを考えていたのか、私にはよくわからない。

その男は二番めの奥さんとも別れていた。でも慰謝料が支払われなかったせいで彼を撃ったのは、とにかく最初の奥さんの方である。うまくやっているといいと今では私も思う。ロス。ひどい名前をつけられたものだ。でもそのときはそんな風には思わなかった。そのとき私は銃の話まで持ち出した。「俺はスミス・アンド・ウェッソンを手に入れるからな」と妻に向かって言ったのだ。でも実際にはそんなことしなかった。

ロスは小柄な男だった。でもとくに小さいというわけではない。彼は口髭をはやして、いつもボタンでとめるセーターを着ていた。

彼の奥さんのひとりは一度彼を監獄に入れた。二番めの奥さんがやったのだ。私は娘から、私の妻が彼の保釈金を払ったことを知らされた。娘のメロディーは、私と同じくそのことが気に入らなかった。保釈金を払ったことについてだ。でもそれは娘が私のことを気にかけていたからではない。彼女は私のことも妻のことも、全然気になんかかけてはいなかった。ただ単に金銭的な問題があったからだ。我々は金銭的に切迫していたし、もしいくばくかの金がロスに回されるとしたら、それだけメロディーの取りぶんが減ることになる。だからこそメロディーはロスに目を配っていたのだ。それに加えて彼女はロスの子供たちが気に入らなかった。だいたい数だって多すぎる。でもロスは悪い人じゃないとメロディーは言った。

一度彼は娘の運勢まで占ってやったことがあった。

このロスという男は定職を失くして以来、いろんなものの修理をして暮らしていた。でも私は彼の家を外から見たことがある。それはまったくひどいありさまだった。家のまわりはがらくただらけで、庭にはポンコツのプリムスが二台放りだされていた。つきあい出した最初の頃、私の妻はこう主張していた。あの人はアンティックの車をコレクションしているのよ、と。「アンティックの車」とはよく言ったものだ。そんなものただのポンコツだ。

私には彼がどういう人間だかよくわかっていた。彼はミスター修理屋なのだ。

でも私と彼のあいだには、ひとりの同じ女に関わっているという以外にも、いくつかの共通点があった。ロスと私のあいだには、ということだ。たとえば、テレビの調子が狂って、画像が消えてしまったとき、彼にはそれを修理することができなかった。私にもやはりできなかった。音は聞こえるのだが、何も映らない。ニュースを知りたいと思ったら、画面の前に座ってじっと耳を澄ませているしかなかった。

ロスとマーナが会ったとき、マーナは酒を断とうとしているところだった。彼女は断酒会の集まりに週に、そう、三、四回は通っていた。私自身もかつてはそこに切れ切れに顔を出していたのだが、マーナがロスに会ったときには、もう行くのをやめて、毎日ボトルを一本あけていた。マーナは集会に出て、それからミスター修理屋の家に寄って食事を作ったり掃除したりした。そういうことになると、彼の子供たちは何の役にも立たなかった。ミスター修理屋の家では、誰も家事のためには指一本動かそうとはしなかった。私の妻が出向いてやっと物事がかたづくというありさまだった。

これらのことが起こったのは、それほど昔ではない。三年前というところだ。それはまったく大変な日々だった。

私はソファーの上の母とその男をそのままにして、しばらくあたりをドライブした。家に帰ると、マーナがコーヒーをいれてくれた。

彼女が台所に行ってしまうと、私は水が流れる音が聞こえるのを待って、クッションの下から酒瓶をとりだした。

マーナはあの男を真剣に愛していたのだろうと思う。でも彼は他にもちょいとつまみぐいをしていた。ベヴァリーという名の二十二の娘だ。ミスター修理屋はボタンでとめるセーターを着ている小男にしてはなかなかの業績をあげていた。

彼の人生が傾きだしたのは三十代の半ばのことだった。職を失い、酒びたりになった。機会があるごとに私は彼のことをからかってやったものだった。でも今はもう彼をからかったりはしない。

君が幸せになることを祈ろう、ミスター修理屋。

月面ロケットの打ち上げに関わっていたんだと、彼はメロディーに言った。宇宙飛行士たちとも友達づきあいしている。彼らがこっちに来ることがあったら君にも紹介してあげようと。

ミスター修理屋がかつて働いていた会社はなかなかモダンなところだった。宇宙航空産業の会社だ。私も一度行ったことがある。カフェテリアやら、重役用のダイニング・ルームやら、そういう感じだ。どのオフィスにも「ミスター・コーヒー」が置いてある。

ミスター・コーヒーとミスター修理屋。

マーナの話によれば、彼は占星学やオーラや易経や、そういう類いのものに興味をもっているということだった。我々がかつてつきあっていた大方の連中と同様、ロスもなかなか頭の切れる、面白い男だったのだろう。もしそうじゃなかったら、お前だってあいつのことを好きになったりはしなかっただろうよ、と私はマーナに言った。

私の父は八年前に、酔っぱらって眠っているときに死んだ。金曜日のお昼のことで、父は五十四だった。彼は製材所の仕事から戻ってきて、冷蔵庫からソーセージを出して、朝食がわりに食べ、フォー・ローゼズを一クォートごくごくと飲んだ。母も同じ台所のテーブルに座っていた。彼女はリトル・ロックに住む妹に手紙を書こうとしていた。やがて父が席を立ってベッドに行った。おやすみとさえ言わなかったよ、と母は言った。でもなんといってもそれは昼間の出来事である。

「ハニー」と私はマーナに言った。彼女が帰ってきた夜に。「まず少しハグしよう。それからうまい夕飯を作ってくれ」と。

マーナは言った、「手を洗ってきてよ」

ガゼボ

Gazebo

その日の朝、彼女はティーチャーズを私のおなかにこぼして、それをぺろぺろ嘗める。その日の午後、彼女は窓から飛び下りようとする。

私は言う、「こんなこと続けてはいけないよ、ホリー。もうやめなくちゃ」

我々は上階にあるスイートの一つの、ソファーに座っている。空き部屋はいくらでもあった。でも我々にはスイートが必要だった。ゆったりと歩き回れて、話のできる場所が。そこで我々はその朝、モーテルのオフィスを閉め、上に行ってスイートに陣取った。

彼女は言った、「ねえ、ドゥエイン、私はもう駄目よ」

我々はティーチャーズの水割りを飲んでいる。我々は朝だか昼だかに少し眠った。それから彼女は目を覚まし、下着姿のまま窓から飛び降りてやると言った。私は彼女を取り押さえなくてはならなかった。部屋は二階だった。でもそんなことをさせておくわけにもいかない。

「もううんざり」と彼女は言う。「これ以上もう耐えられない」

彼女は手を頬にあてて、目を閉じる。頭を前後に振って、低く唸る。

そんな彼女の姿を見るのは死ぬほどつらい。

「これ以上もう何だって?」と私は言う。もちろん訊く必要はなかったのだけれど。

「そんなこと何度も繰り返して言いたくない」と彼女は言う。「自分をコントロールできない。プライドもなくしてしまった。昔はちゃんと誇りを持ってたのに」

彼女は三十を越したばかりの、魅力的な女性である。背が高くて、黒髪が長く、瞳は緑だ。私が知っている唯一の緑の瞳の女だ。昔は私はよくその緑の瞳を話題にしたものだった。そして彼女はそれに対してこう言った。そうなのよ、だからこそ私は生まれつきなにかしら特別な星の下にあるのよ。自分でもそれがわかるんだ。

もちろん私にだってわかる。

私はいろんなことに参ってしまっている。

階下のオフィスで電話のベルが鳴っているのが聞こえる。電話は断続的に、一日じゅう鳴りつづけていた。うとうとしているときでも、その音がぼんやりと聞こえた。

私は目を開け、天井を眺め、電話のベルに耳を澄ませ、我々はこの先いったいどうなるんだろうと考えた。

おそらく私は天井よりは床を眺めるべきだったのだろう。

「心が張り裂けてしまった」と彼女は言う。「石のようにこなごなになってしまった。私はもうどうしようもない。何よりもきついのは、私が駄目になってしまったっていうことなのよ」

「よしなよ、ホリー」と私は言う。


我々が最初ここにやってきて、マネージャーの職に就いたころ、我々はこう思ったものだった。やれやれこれで一息つけると。寝泊まりできる部屋があって、電気ガスもただで、おまけに月給が三百ドル出るのだ。こんないい話ってない。

ホリーが帳簿を担当した。彼女は数字に強かったし、客との応対の大半を引き受けた。彼女は人とつきあうのが好きだったし、人々も彼女のことを好きになった。私は地面の世話をした。芝生を刈り、雑草を抜き、プールの掃除をし、簡単な修理をやった。

最初の一年は何もかもうまくいった。私は夜に別の仕事をやった。物事はうまい方向に流れていた。我々にはいくつか計画があった。ところがある朝を境に、話が違ってきた。私が客室の一つでバスルームのタイルを貼りおえたところに、小柄なメキシコ人のメイドが掃除にやってきた。ホリーが彼女を雇ったのだ。それまでももちろん顔を合わせれば多少口はきいたけれど、彼女を気にとめたなんてほとんどなかった。彼女も私のことをただミスターとしか呼ばなかったはずだ。

まあとにかく、いろいろとあったわけだ。

そしてその朝以来、私はその女に注意を払うようになった。彼女はなかなか可愛い娘で、白くて歯並びの良い歯をしていた。私はよく彼女の口もとを見たものだった。

彼女は私を名前で呼ぶようになった。

私はある朝、バスルームの水道のワッシャーをつけかえていた。そこにその娘がやってきて、メイドたちがよくやるようにテレビのスイッチをつけた。彼女たちはテレビをつけっぱなしにして掃除するのが好きなのだ。私は作業をやめて、バスルームを出た。彼女は私を見て驚いたようだった。彼女はにっこりと微笑んで、私の名前を口にする。

彼女が私の名前を口にした直後に、我々はベッドに倒れこんでいた。

「なあホリー、君は今でも十分自分を誇りにしていいよ」と私は言う。「君はとても素晴らしい。元気だしなって」

彼女は首を振る。

「私の中で何かが死んでしまったのよ」と彼女は言う。「それには長い時間がかかったわ。でもとにかく死んでしまったのよ。あなたが何かを殺したのよ。まるで斧をふりおろすみたいに。今では何もかもが汚れてしまった」

彼女は酒を飲み干す。それから泣きはじめる。私は彼女を抱き締めようとする。でもそんなことしても役にはたたない。

私は二人分の酒のおかわりを作り、窓の外に目をやる。

別の州のナンバー・プレートをつけた車が二台、オフィスの前に停まっている。ドライバーたちがドアの前に立って、話をしている。一人がもう一人に何かを言い終えたところだ。そして部屋から部屋へとぐるっと見回し、顎をぎゅっと引く。女も一人いる。彼女は顔を窓ガラスにつけるようにして、手で目のまわりをおおって、中をのぞきこんでいる。ドアを引っぱってみる。

階下で電話のベルが鳴りだす。

「さっき私とやってたときだって、あなた、あの子のことを考えていたんでしょう?」とホリーは言う。「ねえドゥエイン、そんなのひどすぎるわよ」

彼女は私が渡した酒を飲む。

歩きまわる。

「もうよせよ」と私は言う。

「それは本当のことよ」と彼女は言う。「いちいち否定しないでよ」と彼女は言う。アンダーパンツとブラジャーという格好で、彼女は酒のグラスを手に、部屋の中を歩きまわる。

ホリーは言う、「あなたは結婚生活を裏切ったのよ。あなたは信頼する心というものを殺してしまったのよ」

私はひざまずいて、許しを乞う。でも私はファニータのことを考えている。ひどい話だ。いったい私はこれからどうなるんだろう？　ほかのみんなもどうなっていくんだろう？

私は言う、「なあホリー、愛してるんだよ」

駐車場で誰かがホーンを目いっぱい鳴らす。ちょっとやめて、それからまた鳴らす。

ホリーは涙を拭う。彼女は言う、「お酒を作って。これは水っぽすぎる。勝手に鳴らさせておきなさい。好きにすりゃあいいわよ。私はネヴァダに行っちゃうんだから」

「ネヴァダなんか行くなよ」と私は言う。「馬鹿なこと言うんじゃないよ」

「馬鹿なことなんか言ってないわよ」と彼女は言う。「ネヴァダの何処が悪いのよ。

あなたはあの掃除女とここに残ってりゃいいじゃない。私はネヴァダに行きますからね。そこに行くか、それともいっそ自殺しちゃうか」

「なあ、おい」と私はなだめる。

「うるさい！」と彼女は言う。

彼女はソファーに座って膝を顎の下にまで引き寄せる。

「もう一杯お酒を作ってったら、この役立たず」と彼女は言う。「くそったれ、クラクションなんか鳴らしやがって。あんなやつら、トラヴェロッジにでも行きゃあいいんだ。あんたの掃除女は今ごろはそっちの掃除をやってるんじゃないかしらね？　もう一杯作ってって言ったでしょうが、とんま野郎！」

彼女は唇を固く結び、とっておきの顔で私をじっと睨む。


飲酒というのは不思議なものだ。今になって振り返ってみると、我々にとっての重大な決定というのはみんな、きまって酒を飲んでいるときに下されている。酒の量を減らさなくてはなという話をしているときですら、我々はビールのシックス・パックかあるいはウィスキーを持って台所のテーブルなりピクニックのテーブルなりに向かっていた。ここに来て、マネージャーの職に就くことに決めたときにも、我々は二晩ばかり酒を飲みながら、ああだこうだと話し合った。

私は残っていたティーチャーズの残りを二人のグラスに注ぎ、氷と少々の水を加えた。

ホリーはソファーを立って、ベッドに寝そべって体を伸ばした。

「あなた、このベッドであの女とやったの？」

何と言えばいいのか、私にはわからない。私の中にはどんな言葉も残っていないみたいだ。私は彼女に酒のグラスを渡して、椅子に腰を下ろす。私は自分の酒を飲み、これはもうもとどおりにはならんだろうなと思う。

「ねえ、ドゥエイン？」と彼女は言う。

「なんだい、ホリー」

心臓の鼓動が静まっていく。私は待つ。

私はホリーに本気で惚れているのだ。

ファニータと私の関係は週に五回持たれた。十時と十一時のあいだに。彼女が掃除をしてまわる部屋のどれかで、我々は事をおこなった。私は彼女が掃除をしている部屋に入っていって、ドアを閉めるだけでよかった。

でもだいたいは十一号室を使った。十一号室が我々のラッキー・ルームだったのだ。我々は優しく交わった。でもすみやかに。悪くなかった。

私は思うのだが、ホリーはそんなこと、ただ放っておけばよかったのではないだろうか。なるようにならせておけばよかったのだ。

私はなんとか夜の仕事をつづけていた。猿にだってできるような簡単な仕事だ。でもこのモーテルのことについていえば、いろんなことがうまくいかなくなってきた。我々はもう仕事に身を入れることができなくなった。

私はプールを掃除するのをやめた。プールは緑の藻でいっぱいになって、泊まり客はもうそれを使わなくなった。私はバスルームの流し台を修理しなくなったし、タイルも貼らなくなったし、ペンキの剝げたところを塗ったりもしなくなった。そう、まったくの話、我々は本格的に飲みだしたのだ。腰を据えて酒を飲むというのは、それでなかなか時間や労力を要することなのだ。

ホリーもフロントの業務に手を抜くようになった。勘定を多くつけすぎたり、取るべき料金を取らなかったりした。ときどきベッドの一つしかない部屋に、三人の客を割り当てたり、逆にキング・サイズのベッドのある部屋に一人の客を入れたりした。もちろん苦情はきたし、ときには口論にもなった。客が怒って、荷物をまとめて、別のモーテルに移っていくことも再々あった。

そうするうちに、本社から手紙が来た。そのあとに配達証明つきの手紙も届いた。電話もかかってきた。街から人がやってきた。

でもまったくの話、もうどうでもいいという気持ちになっていた。もう先は見えていた。自業自得というやつだ。破局の到来を待つだけだった。

ホリーは頭のいい女だった。彼女が先にそのことを悟った。


そのようにして、我々は今の状況について一晩論議を尽くしたのち、土曜日の朝に目覚めた。我々は目を開けて、ベッドの中で体の向きを変え、互いの顔をじっくりと見た。そのときには我々はもう悟っていた。何かが終わってしまったことを、そして新たな出発点を見つけなくてはならないということを。

我々はベッドを出て、服を着がえ、コーヒーを作り、腰を据えて話をすることにした。一切何にも中断されずにとことん話そうということになった。電話も客もどうでもいい。

私はそこでティーチャーズの瓶を手に取った。我々はオフィスのドアに鍵をかけ、氷とグラスと酒瓶を持って二階の部屋に籠もった。はじめのうち、我々はカラー・テレビを見ていた。そしてちょっと陽気に騒いで、階下で電話が鳴っても放っておいた。腹が減ると、外の自動販売機でチーズ・クリスプを買ってきた。

既にいろんなことが起こってしまったのだ。これ以上何が起ころうが知ったことかと思った。

「私たちがまだずっと若くて、結婚してないころのこと」とホリーは言う。「私たちが大きな計画や希望に燃えていたころのこと。そういうのをあなた覚えてる?」彼女はベッドに座り、酒のグラスを手に膝を抱えこんでいる。

「覚えているよ、ホリー」

「あなたが最初の男じゃないのよ。最初はワイアット。考えてみてよ。ワイアットよ。それからあなたの名がドゥエイン。ワイアットとドゥエイン。そのあいだに私はいったいどれだけの可能性をなくしてきたのかしら。あなたが私のすべてだったのよ。なんだか歌の文句みたいだけどね」

私は言う、「君は素敵な女だよ、ホリー。君は多くのチャンスを手にしていた」

「でも私はそんなチャンスを手にも取らなかったのよ!」と彼女は言う。「私は結婚生活を裏切ることはできなかった」

「なあホリー、もうよしてくれよ」と私は言う。「そんな話をむしかえしても、嫌な気分になるだけだよ。俺たちはこれからどうすりゃいいんだろうな？」

「ねえ、覚えてるかしら、私たちがヤキマのはずれにある古い農家に車で行ったときのことを？　テラス・ハイツの先のところよ。私たちはあてもなくそのへんをドライブしてたのよ。狭い未舗装の道を走っていて、あたりはほこりっぽくて暑かった。ずっと進むと、その古い家があったの。そしてあなたは水を一杯もらえませんかって頼んだのよ。今の私たちにそういうことができると思う？　どっかの家に寄って、水を一杯飲ませてくださいって頼むなんてことが？」

「あのお年寄りの人たちはもう亡くなったと思うわ」と彼女は言う。「二人仲良く並んで、どこかの墓地に眠っているでしょう。中に入ってケーキも食べていけって誘われたことを覚えてる？　そのあとで家の中を案内してくれたことも？　裏にガゼボ（あずまや）があったでしょう、裏手の木陰に？　小さな尖った屋根があって、ペンキは剝げて、階段には雑草が生えていたわ。そして女の人がこう言ったの。その昔は――ずいぶん昔のことだと思うけれど――日曜日になると人々がよくここに来て音楽を演奏したんだって。そしてみんなでまわりに腰を下ろしてそれに耳を傾けたの。そのとき私はこう思ったわ。私たちも年を取ったらきっとこういう風になるだろうって。

落ちつきを身につけ、しかるべき場所に住んで。そしてみんなが家をたずねてくるの」

　私はちょっとのあいだ言葉が出てこない。やっとこう言う、「なあホリー、こういうことだって、時間がたてばやっぱり懐かしく思い出されるさ。きっと『なあ、あのモーテルのことを覚えてるかい、ほら、あのごみだらけのプールのことさ？』なんて言ってるよ」と私は言う。「わかるだろう、そういう感じ？」

　でもホリーは何も言わずに、グラスを手にベッドに腰かけている。

　彼女にはそうは思えないようだった。

　私は窓に寄って、カーテンのかげから表の様子を見る。誰かが下で何か言いながら、オフィスに通じるドアをがたがた鳴らしている。私はそこでじっとしていた。ホリーが何かちょっとした素振りを見せてくれないかと祈るように思う。そういう何かを、私はすがるようにホリーに求めている。

　自動車がスタートする音が聞こえる。もう一台がそれに続く。彼らは建物に向かってライトをつけ、次々にバックして外の道路に出ていく。

「ねえ、ドゥエイン」とホリーは言う。

　そのことについてもまた、正しいのは彼女の方だった。

私にはどんな小さなものも見えた

I Could See The Smallest Things

木戸の開く音が聞こえたとき、私はベッドの中にいた。私は注意深く耳を澄ませた。その他には何も聞こえなかった。でも私の耳にはそれがはっきり聞こえたのだ。私はクリフを起こそうとしたが、彼は意識をなくしたように眠っていた。それで仕方なく私はベッドから出て、窓のそばに行った。町をぐるりと取り巻く山並みの上に、大きな月が浮かんでいた。傷あとだらけのまっ白な月だ。どんなに想像力のない鈍い人間にだって、それは人の顔を思い起こさせる。

月の光はとても明るく、庭の隅から隅まで見渡すことができた。ガーデン・チェア、柳の木、二本のポールの間に渡された物干しロープ、ペチュニアの花、垣根、大きく開きっぱなしになっている木戸。

でもあたりには動くものは見あたらなかった。不吉な影も見えなかった。万物は月の光にこうこうと照らしだされ、私にはどんなに小さなものも見ることができた。たとえば、物干しロープについたピンチだって。

私は月の光を遮るために、窓ガラスの上に両手を置いた。今一度目を凝らし、耳を澄ませた。それからベッドに戻った。

でも眠ることができなかった。何度となく寝返りを打った。私の目には開きっぱなしになった木戸の姿が浮かんだ。それはまるで挑戦のようだった。

クリフの寝息は聞くに耐えないものだった。彼は口をぽかんと開いて、両腕でその白い胸を抱き締めていた。そしてベッドの自分の側だけではなく、私の側のほとんどの部分を占領していた。

何度も押しのけようとしたが、彼はうんうんと唸るだけだった。

私はそのまましばらくじっと横になっていたが、とうとうあきらめた。こんなことしてても無駄だ。私は起き上がって室内履きを履いた。台所に行ってお茶を沸かし、それを持ってテーブルに腰を下ろした。そしてクリフのフィルターなしの煙草を一本吸った。

もう時刻は遅かった。時計を見る気はしなかった。紅茶を飲み、煙草をもう一本吸った。しばらくしてから、外に出て木戸をきちんと閉めようと私は決心した。

私はローブを羽織った。

月がすべてを明るく照らしだしていた。家々や樹木、電柱や電線、そして世界じゅうを。私はポーチから下りる前に裏庭をちらっとのぞいてみた。静かな風が吹いていた。私はローブの前を合わせた。

　そして木戸の方に歩いていった。


　サム・ロートンと私たちの家を仕切っている垣根のあたりで物音がした。私はさっとそちらに目をやった。サムがその垣根に両腕を置いてもたれかかっていた。垣根は二重になっていたが、彼は自分の方の垣根にもたれかかっていた。彼はこぶしを上にあげて口にあて、乾いた咳をした。

「今晩は、ナンシー」とサム・ロートンが言った。

「まあサム、びっくりするじゃない」と私は言った。「こんな時間にいったい何をしているのよ？」と私は言った。「何か変な音聞こえなかった？　木戸の掛け金が外れる音がしたんで出てきたのよ」

　彼は言った、「いや、何も聞こえなかったな。それに何も見えなかったよ。ただの風じゃないかな」

　彼は何かを噛んでいた。彼は開いた木戸を見て肩をすくめた。

　彼の髪は月の光の下では銀色に見えた。そしてぴんと逆立っていた。私は彼の長い鼻と、大きな哀しげな顔に刻まれた皺を見ることができた。

私は言った、「こんな時間に何してるのよ、サム?」そして垣根の方に寄った。

「いいもの見せてあげるよ」と彼は言った。

「今そっちに行くわよ」と私は言った。

私は外に出て歩道を歩いた。ナイトガウンとローブという格好で外を歩いているとなんだか変な気分だった。これはちゃんと覚えておかなくちゃ、と私は思った。こんな格好で家の外を歩くなんてね。

サムは彼の家の脇に立っていた。彼のパジャマは、タン色と白の靴のずっと上の方にまでまくり上げられていた。片手に懐中電灯を持ち、もう一方の手に何かの缶を持っている。


サムとクリフはかつて仲の良い友達だった。でもある夜、一緒に酒を飲んでいて口論になった。すぐにサムが両家の間に垣根を作った。クリフも負けじと垣根を作った。

それはサムが奥さんのミリーを亡くして、ほとんど間もおかずに再婚し、再び父親になって間もなくのことだった。ミリーは息を引き取るまで私の良き友だった。死んだとき、彼女はまだ四十五だった。心臓発作だ。発作はちょうど彼女が家の引き込み道《ドライブ》に車を入れたところで起こった。車はそのままカー・ポートの奥の壁を突き抜けてしまった。

「これ見なよ」とサムは言ってパジャマのズボンを引っぱりあげ、しゃがみこんだ。そして地面に光をあてた。

よく見るとその光に照らしだされた地面の上を、虫のようなものがぐにょぐにょとうごめいていた。

「なめくじ」と彼は言った。「今こいつらにこれをふりかけてやったところさ」と彼は言って、クレンザーの缶みたいなのを示した。「ここはなめくじだらけなのさ」と彼は言った。そして何だか知らないが口の中にあるものをもぞもぞ動かした。そして横を向いてぺっとそれを吐いた。嚙み煙草かもしれない。「これをずっとやりつづけていないと、どうしようもないことになってしまうんだ」彼はなめくじでいっぱいになった壺に懐中電灯の光をあてた。「餌を撒いてさ、とにかくしょっちゅうこいつを持って見まわりに来る。なにしろうようよといやがる。放っておいたらえらいことになるんだよ、ほら」と彼は言った。

彼は立ち上がって私の腕を取り、薔薇の植え込みの方に行った。そして私に葉っぱにあいた小さな穴を指し示した。

「なめくじだ」と彼は言った。「夜になるとそこらじゅうなめくじだらけになるんだ。俺は餌を撒いといて、出てきてとっつかまえる」と彼は言った。「おぞましい生き物さ、なめくじなんてね。俺はこの壺にこいつら集めてるんだ」彼は薔薇の下に電灯を向けた。

頭上を飛行機が通り過ぎていった。私は飛行機の乗客のことを想像した。椅子に座って、ベルトを締めている。あるものは本を読んでいる。あるものは地上を眺めている。

「ねえ、サム」と私は言った。「みなさんお元気？」

「ああ、元気にしてるよ」と彼は言って、肩をすくめた。

彼は何かわからないものを相変わらずくちゃくちゃと嚙みつづけていた。「クリフォードは元気かい？」と彼は訊いた。

「相変わらずよ」と私は答えた。

「ときどきなめくじをつかまえにここに出てくるときにさ、ふとあんたがたの家の方を見ちゃうんだよ」とサムは言った。「もしまた俺とクリフとが友達になれたらなあって思うんだ。ほら、あれ」と彼は言って、はっと息を吸い込んだ。「あそこに一匹いやがる。ほら、あそこ。この光の先」彼は薔薇の根もとを光で指した。「見てみなよ」と彼は言った。

私は乳房の下でぎゅっと腕を組み、身を屈めてその光の先をのぞきこんだ。そのものは動きをとめて頭を左右に振った。サムがパウダーの缶を手に身を乗り出し、ばらばらと振りかけた。

「気色悪いやつらだよ」と彼は言った。

なめくじはにょろにょろとのたうった。それからそれはくるっと身を丸め、やがてまっすぐになった。

サムは玩具のシャベルを手に取ってなめくじをすくい、壺の中に放り込んだ。

「ねえ、俺仕事やめたんだよ」とサムは言った。「やめざるをえなかったんだ。しばらくは俺もがっくりきてね、何が何だかわけがわからなかった。今のところなんとかこの家は持ちこたえてるが、もう時間の問題なんだ」

私は肯《うなず》いた。彼は私の顔を見た。ずっと見つづけていた。

「私、そろそろ帰るわ」と私は言った。

「ああ、そうだね」と彼は言った。「俺はもう少しこれをつづけるよ。終わったら俺もうちに戻って寝る」

私は言った、「おやすみなさい、サム」

彼は言った、「なあ」彼は噛むのをやめた。彼は舌先でその噛んでいたものを下唇の裏に押し込んだ。「クリフによろしくって言っといてよな」

私は言った、「あなたがそう言ってたって彼に言っとくわ」

彼はまるでそれを今度こそとことん押さえつけようというように、その銀色の髪を手の指で梳いた。それからその手を振った。

寝室に戻ると、ローブを脱いで畳み、手の届くところに置いた。私は時計の針を見ないようにしながら、アラームがついていることを確かめた。それからベッドにもぐりこみ、布団を引っぱり上げて目を閉じた。

そのときになって、木戸の掛け金を下ろしてくるのを忘れたことに気づいた。

私は目を開けてじっと横になっていた。私はクリフの体を少し揺すってみた。彼は咳払いをした。そしてごくんと唾を飲みこんだ。何かが喉にひっかかり、それから奥に流れていった。

よくわからないが、それは私にサム・ロートンがパウダーを振りかけていたものを思い出させた。

私はしばらくわが家の外側の世界のことを考えていた。でもそのあとはもう何も考えなかった。もう急いで寝なくては、という以外には。

菓子袋

Sacks

じめじめとした十月のある日。泊まっているホテルの窓からは、この中西部の市街がたっぷり一望できる。たっぷりすぎるくらいたっぷりと。いくつかのビルディングの窓には灯がともり、そびえたつ煙突からは煙がもうもうと吹き出ている。こんな景色はできることなら見ずにすませたい。

昨年サクラメントに立ち寄った際に父から聞いた話をしよう。それはその二年前に起こった一連の出来事に関わる話で、そこには父自身もまきこまれていた。父と母は当時はまだ離婚してはいなかった。

僕は本のセールスの仕事をしている。僕の勤めている会社は有名で、本社はシカゴにあり、教科書を出版している。受持ち販売地域は主にイリノイと、そしてアイオワとウィスコンシンの一部である。そのときロス・アンジェルスで開かれた西部出版業者協会の会合に出席していたのだが、ふと二、三時間でも父親に会ってみようかという気になった。実をいうと、両親の離婚以来一度も父に会っていなかった。財布に入れておいた住所の書きつけを取り出し、そこに電報を打った。そして荷物をシカゴに転送しておいてから、サクラメント行きの飛行機に乗った。

父を見つけるのにちょっと手間どった。彼はほかの出迎えの人々に混じってゲートの後ろに立っていた。白髪で眼鏡をかけ、茶色のスタ・プレストのズボンをはいていた。

「父さん、元気かい」と僕は言った。

「やあ、レス」と父は言った。

我々は握手してからターミナルに向かった。

「メアリと子供たちは元気かな？」と父が訊ねた。

「みんな元気だよ」と僕は言った。嘘だ。

彼は白い菓子袋を開けた。「おみやげに持ってってもらおうと思って買ってきたんだ。たいした量じゃないよ。メアリにアーモンド・ロカ、それから子供たちにジェリー・ビーンズ」

「有り難う」と僕は言った。

「忘れていかんようにな」と彼は言った。

尼さんが何人か搭乗口めがけて走ってきたので、我々は道をあけた。

「お酒かそれともコーヒーでもちょっと飲まない？」と僕は言った。

「なんでもつきあうよ」と彼は言った。「ただ車を持っていなくてな」

我々はラウンジを探しあて、飲み物を注文し、煙草に火をつけた。

「さてと」と僕は言った。

「まあな」と父は言った。

僕は肩をすくめ、「うん」と言った。

僕は背もたれに身をもたせかけ、深々と、まるで父親の頭のまわりをぐるりと取り巻いている苦悩の大気を吸い寄せるみたいに、息を吸った。

「シカゴの空港はこの四倍くらいは大きいんだろうな」と父が言った。

「もっとさ」と僕は言った。

「大きいんだろうなあ」と彼は言った。

「いつから眼鏡をかけてるの？」と僕は訊ねた。

「しばらく前からさ」と彼は言った。

彼はぐっと酒を飲み、それから話にとりかかった。

「穴があったら入りたいって気持ちだよ」と彼は言った。太い二本の腕をグラスの両側に置いた。「でもな、レス、お前は学のある人間だから、お前ならわかってくれると思うんだよ」

僕は灰皿の端を押さえて傾け、底に書いてある文字を読んだ。ハラーズ・クラブ／リノ＆レイク・タホー／娯楽の王様。

「相手はスタンリー・プロダクツの販売員だったんだ。小柄な女で、手足が小さく、髪は石炭みたいにまっ黒だった。とくに美人というわけじゃないが、人好きのするところがあった。歳は三十で、子持ちだった。でもな、言い訳するんではないが、きちんとした女だったよ。

お前の母さんはいつも彼女から物を買っていた。ホウキとかモップとか、パイの具とかな。ま、母さんはあのとおりの女だからな。その日は土曜日で、私は家にいた。お前の母さんはどこかに出かけていた。どこに行ってたかなんて知らんよ。仕事していたわけでもないしな。居間で新聞を読みながらコーヒーを飲んでいるときにドアにノックの音がして、出てみるとその件《くだん》の小柄な女が立っていた。サリー・ウェインだ。ミセス・パーマーに御注文の品をお持ちしました、と彼女は言った。『女房は今いないんだよ』と私は言った。『まあ、中に入りなさい』と言った。つまり、金を払うからということだ。彼女はどうしたものか迷っていた。品物の入った小さな紙袋とそのぶんの領収書をしっかりと握ったたまま、そこにつっ立っていた。『私が受けとるよ』と私は言った。『金をとってくるから、中に入ってそこに座ってなさい』

『かまわないんです』と彼女は言った。『つけにしておくこともできますから。そうなさる方も多いですし、かまわないんです』そう言ってにっこり笑った。ほら、本当にかまわないんだって感じのにっこりだよ。

『いやいや』と私は言った。『金がないわけじゃなし、どうせ払わなくちゃならんものは今払っておく。あんたが出なおしてくる手間が省けるし、こっちも借りを作らずに済む。入んなさい』と私は言って、スクリーンドアを開けてやった。女を外で待たせておくというのは礼儀に反するからな」

彼は咳きこみ、それから僕の煙草を一本とった。バーの向こうの方から女の笑い声が聞こえた。僕はその女の方を見て、それからもういちど灰皿の文字を眺めた。

「彼女は中に入った。私は『ちょっと待っててくれ』と言ってベッドルームに行き、財布を探した。ドレッサーの上をずっと見たんだが、財布はなかった。小銭とマッチと櫛しかない。財布がないんだ。お前の母さんが午前中かけて家の中をきれいに片づけちゃってたわけだ。で、私は居間に戻り、彼女に言った、『悪いけどもう少し待ってくれ』

『ほんとに、御面倒でしたら……』と彼女が言った。

『面倒なんかじゃないよ。どうせ財布は見つけなきゃならないんだからね。そこで楽にしてなさい』と言った。

『ええ、有り難うございます』と彼女は言った。

『そういえば』と私は言った。『東部での派手な強奪事件のことは知ってるかね？ ちょうど今、新聞で読んでたところなんだけれど』

『昨夜《ゆうべ》テレビで見ましたわ』と彼女は言った。

『あざやかな手並みだよね』と私は言った。

『すごくスマート』と彼女は言った。

『完全犯罪だ』と私は言った。

『なかなかあんなにうまくはいきませんよね』と彼女は言った。

それ以上いったい何を話せばいいのか、わからなかった。我々はそこにつっ立ったまま、互いに顔を見合わせていた。それから私はポーチに行って洗濯かごを開けてズボンを探した。お前の母さんがそこに入れたんじゃないかと思ったからさ。案の定、財布はズボンの後ろポケットに入っていた。それから部屋に戻って、いくら払えばいいかと訊ねた。

勘定は三ドルか四ドルで、私はそれを払った。それから、なんでそんな質問したのかよくわからんのだが、もしあんたにそれだけの金があれば、というのは強盗が持って逃げた金のことだが、それで何をするかね、と彼女に訊ねた。

彼女は笑った。笑うと歯が見えた。

なあレス、そのとき自分にいったい何が起こったのか、自分でもよくわからんのだよ。わしは五十五で、子供もみんな大人になってる。それくらいのことはちゃんとわきまえていた。女の方は私の半分の歳で、学校に上がった小さな子供がいた。彼女は子供が学校に行っている時間だけスタンリーで働いていた。何もせずにぶらぶらしているのが嫌だからというだけで、べつに金が必要で働いているわけではなかったんだ。ちゃんとした収入はあった。亭主は、ラリーって言うんだが、コンソリデーティッド運送の運転手で、良い給料をとっていた。ほら、例の組合《チームスター》だからさ」

父は話しやめて、顔を手で拭った。

「誰にでも間違いはあるもんだよ」と僕は言った。

父は首を横に振った。

「彼女には二人の子供がいた。ハンクとフレディー、一つ違いの兄弟だ。彼女は写真を何枚か見せてくれた。ま、それはともかく、私が金のことを言うと、彼女は笑って、金が入ったらスタンリーの仕事をやめてデイゴーに行き、家を買うと思うと言った。デイゴーに親戚がいるんだそうだ」

僕は新しい煙草に火をつけ、腕時計を見た。バーテンダーがちらっと目を上げたので、おかわりの合図をした。

「そんなこんなで、彼女はソファーに座り、煙草をお持ちじゃありませんか、と私に訊いた。別のバッグに入れたまま家に置いてきてしまったんで、家を出てからずっと煙草を吸ってないんです、と彼女は言った。だって家にカートンがあるのに、自動販売機の煙草なんて買いたくありませんもの、と彼女は言った。私は彼女に煙草を一本やり、マッチで火をつけてやった。なあレス、はっきり言って私の指は震えてたよ」

父は言葉を切って、酒瓶の方を点検するように眺めた。さっき笑っていた女は、両わきの男たちと腕を組んでいた。

「それからあとのことはぼんやりとしか思い出せない。コーヒーを勧めたことは覚えている。ちょうどいれたばかりだからってな。でももう行かなくちゃ、と彼女は言った。でもそのあとで、まあコーヒー一杯くらいなら、と言った。それで台所に行ってコーヒーを沸かした。でもなレス、これだけは信じてほしいんだが、お前の母さんと夫婦になってこのかた私は浮気なんてただのいっぺんもしたことがなかった。ただのいっぺんもだ。そういう気になりかけたことも何度かあったし、チャンスもあったよ。ま、はっきり言ってお前の母さんについてもお前の知らんようなことはある」

「そういう話はできたらあまり聞きたくないな」と僕は言った。

「彼女にコーヒーを持っていった。そのとき、彼女はもうコートを脱いでいた。私はソファーの反対側の端に座って、もっとうちとけた話をした。彼女の二人の子供はローズヴェルト小学校に通っていた。ラリーは運転の仕事の都合でときどき一週間から二週間も家をあけた。シアトルに行ったり、ロスに行ったり、それともフェニックスか、いつもそんな遠くだ。二人は高校時代に知り合ったということだった。これまでずっと頑張ってやってきたことを誇りに思っています、と彼女は言った。で、まあそのうちに、私の言ったことに対して彼女はちょっと笑った。それはちょっと意味深《いみしん》なことだったのさ。それから彼女は私に、未亡人の家に行った旅まわりの靴のセールスマンの話を知ってるかと訊ねた。我々はその話に大笑いし、それから私がもう少し品の悪い小話をやった。それで彼女は大笑いし、もう一本煙草を吸った。はずみがつくということがあるが、そのときはまさにそんな具合だったね。

で、私は彼女に口づけした。ソファーの背もたれに彼女の頭を押しつけ、それでキスしたんだ。彼女の舌がわしの口の中に激しく入ってくるのが感じられた。そういうのってわかるか？　それまできちんとルールに従って生きてきた人間が、次の瞬間にそんなことまるでどうだってよくなっちまうんだ。すべては巡り合わせだ。

でも何もかもがあっというまの出来事だった。終わったあとで『きっとあなた私のことを商売女みたいだと思ってるんだわ』と彼女は言った。そして行っちまった。

うん、まあ、私もすごく興奮してたよ。ソファーの乱れをなおして、クッションを裏返した。新聞をまとめ、使ったコーヒーカップまで洗った。コーヒーポットも洗った。そのあいだずっと考えていたのは、お前の母さんが帰ってきたときにいったいどういう顔をすればいいのか、ということだった。私は恐かった。

だいたいまあ、そんな具合に始まったんだ。お前の母さんと私は以前と同じように生活した。しかし私は定期的にその女と会うようになった」

バーの向こうの方にいた女は椅子《ストゥール》から立ち上がり、フロアの真ん中まで歩いていって踊りはじめた。彼女は頭を左右に振って、指を鳴らした。バーテンダーは飲み物を作るのをやめた。女は両手を頭の上にあげ、フロアの真ん中で小さな円を描くように動いた。しかしやがてそうするのをやめた。バーテンダーは仕事に戻った。

「見たか？」と父が言った。

しかし僕は何も言わなかった。

「そんな具合に事は運んだ」と彼は言った。「ラリーのスケジュールははっきりしてたから、私はチャンスがあれば女のところへ行った。母さんにはでたらめな行き先を言っておいた」

父は眼鏡をとり、瞼を閉じた。「この話は誰にもしたことないんだ」

なんとも言いようがなかった。僕は窓の外の空港を眺め、それから時計を見た。

「聴いてくれよ」と父は言った。「お前の飛行機は何時に出発するんだ？　ひとつあとの飛行機に乗るわけにはいかないのか？　なあレス、もう一杯酒をおごらせてくれ。二杯頼んでくれよ。手短に話す。すぐに終わる。だから聴いてくれ」と彼は言った。

「彼女は亭主の写真をベッドルームに置いていた。最初のうち、そんな具合にして女の亭主の写真を見るというのは、どうも落ち着かなかった。しかしそのうちにだんだん慣れてきた。人間というのはまったく何にでも慣れちまうもんだな」彼は首を振った。「信じられんよ。結局はひどいことになってしまった。お前も知ってるとおりさ。お前、その辺のことは全部聞いてるんだろう？」

「初めて聞く話だよ」と僕は言った。

「じゃ、教えてやろう。この話のいちばん肝心なところを話してやるよ。本当の肝心なところ、母さんが私と別れたことよりずっと肝心なところだ。よく聴いてくれ。あるとき、我々はベッドの中にいた。昼飯どきだったと思う。我々は横になったまま話をしていた。ちょっとうとうとしておったかもしれん。ほら、眠ってるような眠っていないような、そのくせ夢だけは見ているといった妙な具合だ。しかしそうしながらも、私はちゃんと自分に言いきかせていたんだ。おい、もうそろそろ行かなきゃならんぞ、ってな。玄関先に車が入ってきて、誰かが降り、ドアをばたんと閉めたのはちょうどそのときだった。

『どうしよう』と女が金切り声をあげた。『ラリーよ！』

私は頭に血がのぼってしまったに違いない。そのとき頭に浮かんだのは、裏庭の方に逃げたらでかい金網の塀に追いつめられて殺されちまうな、ということだったと思う。サリーの方はなんだかわけのわからん声を出していた。まるで息がうまく吸いこめないみたいな感じだな。彼女は部屋着を着ていたが、前がまる開きだった。それで台所に立って頭を振っていた。ま、何もかもが一瞬の出来事だよ。わしはといえば丸裸に近い格好で、手に服をつかんでいる。そしてラリーが玄関のドアをまさに開けんとしている。それでな、わしはジャンプしたよ。ピクチャー・ウィンドウめがけてジャンプし、ガラスを突き破って脱出したんだ」

「逃げおおせたの？」と僕は言った。「ラリーはあとを追ってこなかったのかい？」

父はまるで精神異常者を見るみたいな目つきで僕を見た。それから空になったグラスをじっと見つめた。僕は腕時計に目をやり、伸びをした。目の奥に軽い頭痛を感じた。

「そろそろ行かなくちゃいけないみたいなんだけど」と僕は言った。そして顎のところに手をやって、カラーをまっすぐにした。「それで、その女はまだレディングに住んでるの？」

「なあ、お前はなんにもわかっとらんのだなあ」と父は言った。「本当になんにもわかっとらん。お前にわかるのは本の売り方だけなんだな」

もう時間だった。

「すまん、悪かった」と彼は言った。「結局男の方はがっくりきてしまったんだ。それで床にしゃがみこんで、声をあげて泣いた。女は台所に引っこんでいたが、彼女もそこで声をあげて泣いていた。そして床に膝をついて神様に祈った。男の耳に届くように、一生懸命、大声でな」

父はさらに何かを言いかけたが、結局頭を振ってやめた。たぶん僕に何か言ってほしかったのだろう。

しかし父は言った、「まあいい。飛行機に乗り遅れると困るからな」

僕は父にコートを着せてやった。そして父の肘を支えるようにして歩いた。

「タクシーをつかまえてあげるよ」と僕は言った。

父は言った、「お前を見送るよ」

「いいよ、そんなの」と僕は言った。「また次に」

我々は握手した。それ以来父には会っていない。シカゴ行きの機中で、僕はみやげの菓子袋をバーに忘れてきたことに気がついた。まあいいさ。どうせメアリはキャンディーやらアーモンド・ロカやら、そんなものは欲しがらない。

去年でさえそうだった。今じゃなおさらだろう。

風呂

The Bath

土曜日の午後に、その母親は車に乗ってショッピング・センターの中にあるパン屋に行った。いろんなケーキの見本写真がセロテープでページに貼りつけてあるルーズリーフ式のバインダーにひととおり目をとおしたあとで、彼女はチョコレート・ケーキを注文した。それが子供の好物だった。ケーキには宇宙船と発射台の姿が描かれ、その上の方には白い星がまたたいている。スコッティーという子供の名前が緑色でアイシングされることになった。宇宙船の名前みたいに見えるように。

スコッティーは八つになるんですと彼女が言うのを、パン屋はもっともらしい顔つきで聞いていた。このパン屋は年配の男だった。そして不思議なエプロンをつけていた。ループのついているがっしりとした代物で、紐が両方の脇の下を通って背中を一周し、また前に出て交差し、そこで結ばれていた。その結びめはものすごく大きかった。彼は女の話を聞きながら、ずっと手をそのエプロンで拭いていた。彼女がサンプルを吟味し、話しているあいだ、彼の湿った両目はその唇の動きを仔細に追っていた。

彼は彼女に好きなだけ時間をかけさせた。どうせ時間はたっぷりあるのだ。

母親は宇宙船のケーキに決めた。それからパン屋に自分の名前と電話番号を教えた。ケーキは月曜日の朝早くに焼き上がることになっていた。月曜の午後のパーティーまでにはたっぷり余裕がある。パン屋が相手に伝えたいのはただそれだけだった。お世辞やお愛想はなし。なるべく口数は少なくし、伝えるべきことだけを伝え、必要でないことは口にしない。


月曜日の朝、子供は歩いて学校に向かっていた。別の男の子と一緒だった。二人はポテトチップの袋を回して食べていた。誕生日を迎えた子供は、相手にうまく水を向けて、彼がくれることになっているプレゼントの内容を聞き出そうとしていた。

交差点で、誕生日を迎えた子供は、左右を確認しないで歩道から足を踏み出した。そしてあっと思う間もなく、自動車にはねられてしまった。彼は横向きに倒れ、頭は溝に突っこんだかたちになっていた。道路の上の彼の脚はまるで壁をよじのぼるような格好で動いていた。

もう一人の子供は、ポテトチップを手にそこに突っ立っていた。彼は残りを食べてしまうべきか、それともそのまま学校に行くべきかよくわからず迷っていた。

誕生日を迎えた子供は泣かなかった。でもそれ以上何も話そうともしなかった。自動車にはねられるのってどんな感じだいと友達にきかれても、ただ黙っていた。誕生日を迎えた子供は立ち上がって、家に帰った。もう一人の少年はじゃあねと手を振って、学校に行った。

誕生日を迎えた子供は、母親に車にはねられた話をした。二人はソファーに並んで座っていた。彼女は膝の上に子供の両手をのせていた。やがてそのうちに子供が手を引っ込めて、仰向けに横になった。

もちろん誕生パーティーは中止になった。誕生日を迎えた子供は病院に入れられた。母親はベッドの枕もとに付き添って、子供が目を覚ますのをじっと待っていた。父親は会社から急いで駆けつけ、母親の隣に座った。そして二人で子供の目が覚めるのを待った。何時間も待った後で、父親は家に帰って風呂に入ることにした。

男は病院から車を運転して帰宅した。彼はいつも以上に車のスピードを出した。それまでの彼の人生は、仕事、子供、家庭、どれをとっても申し分ないものだった。男は幸運にも恵まれたし、幸福でもあった。でも今では、恐怖を身のうちに感じたせいか、ひどく風呂に入りたかった。

彼は車を家の私道に入れた。彼は車の中で脚をすこし動かしてみた。子供が車にはねられて、入院している。でもまたもとどおりに回復するだろう。男は車から下りて、玄関に向かった。犬が吠え、電話のベルが鳴っていた。男がドアの鍵を開け、手探りで壁の電灯のスイッチを探しているあいだも、ベルはずっと鳴りつづけていた。

彼は受話器を取り、「今帰ったところだよ！」と言った。

「ケーキをまだ取りにきてませんね」

電話の相手はそう言った。

「何の話だい、それは？」と父親は言った。

「ケーキですよ」と相手は言った。「十六ドルです」

夫は話の内容をなんとか理解しようと、受話器をじっと耳に押しつけていた。彼は言った、「何のことかよくわからないな」

「そういう言い方はないでしょう」と相手は言った。

夫は電話を切った。台所に行って、ウィスキーをグラスに注いだ。それから病院に電話をかけた。

子供の容体に変わりはなかった。

風呂の湯をためているあいだ、顔に石鹼の泡を塗って、髭を剃った。風呂に入っていると、また電話のベルが鳴り出した。彼は風呂から出て、「ああ、俺は馬鹿だった」と言いながら急いで家の中を横切った。というのは、もし病院にじっとあのまま留まっていたら、こんな目にあわないですんだのにと思ったからだ。彼は受話器を取って、「もしもし！」と怒鳴った。

「できてますよ」と電話の相手は言った。


父親が病院に戻ったのは真夜中過ぎだった。妻はベッドの隣の椅子に腰かけていた。彼女は夫を見上げ、それから子供に目をやった。ベッドの上にかぶさるように置かれた器具には瓶がぶらさげられ、そこから子供の体までチューブがのびていた。

「何だ、これは？」と父親は言った。

「ブドウ糖」と母親は言った。

夫は女の首の後ろに手を置いた。

「今に目を覚ますさ」と男は言った。

「わかってるわ」と女は言った。

すこし後で男は言った、「君も家に帰ったらどうかな。あとは僕が引き受けるから」

彼女は首を振った。「いいの」と彼女は言った。

「なあ、少しでも家に帰って休みなさい」と彼は言った。「そんなに心配することもないさ。この子はただ眠っているだけなんだから」

看護婦がドアを開けて中に入ってきた。彼女は二人に向かって会釈してからベッドのところに行った。彼女は布団の下から子供の左腕を取り出し、手首に指をあてた。そして腕を布団の中に戻し、ベッドにつけられたクリップボードに何事か記入した。

「具合はどうですか？」と母親は訊いた。

「変わりはありません」と看護婦は言った。それから「すぐに先生がお見えになりますから」とつけくわえた。

「少し家に帰って休んだ方がいいって、家内に言っていたところなんです」と男は言った。「先生が見えたあとでね」

「その方がよろしいですわね」と看護婦は言った。

女は言った、「先生が何とおっしゃるか聞いてみたいんです」彼女は手を目にあてて、頭を前に傾けた。

看護婦は言った、「ええ、それはそうですわね」

父親は息子の姿を見守っていた。その小さな胸は布団の下で膨らんだりしぼんだりしていた。彼の恐怖感は以前にもましてつのっていた。彼は頭を振りはじめた。それから自分に言いきかせた。子供のことは大丈夫だ、この子は家で眠っているかわりに、ここで眠っているだけなんだと。どこで眠ったって、眠ることに変わりはないじゃないか。

医者が入ってきた。彼は男と握手した。女は椅子から立ち上がった。

「やあ、アン」と医者は言って会釈した。「じゃあ坊やの様子を見てみましょう」彼はベッドのところに行って、少年の手首に触った。片方の瞼を、それからもう片方を引っくり返した。布団をめくって、心臓の音に耳を澄ませた。体のあちこちを指で押さえた。そして彼はベッドの足もとに回ってカルテをチェックする。時刻を記入し、何かを書きつける。そのあとで医者は母親と父親の方を向いた。

医者はハンサムな男だった。肌はいい色に焼けて、しかもつややかだった。三つ揃いのスーツに、鮮やかな色のネクタイという格好。シャツの袖にはカフスボタンがついている。

母親はふとこう思った。この人はまるで、さっきまで何処かで聴衆に取り囲まれていたという感じがする。そこでみんなは彼に特別な勲章か何かを授与したのだ。

医者は言った、「とくに大喜びするほどのことはありませんが、また、心配するほどのこともありません。もうすぐ目は覚めるはずですよ」医者はもう一度少年の方に目をやった。「テストの結果がわかれば、もう少しくわしいことをお知らせできるんですが」

「ちょっと待ってください」と母親は言った。

医者は言った、「こういうことはときどきあるんです」

父親が言った、「それでは、先生はこれは昏睡《コーマ》ではないとおっしゃるんですか?」

父親はじっと医者の顔を見て、返事を待っていた。

「昏睡とは呼びがたいと思いますね」と医者は言った。「お子さんはただ眠っているんです。体を休めているんですよ。体が自然にそういう作用を行っているわけです」

「あれは昏睡です」と母親は言った。「一種の昏睡です」

医者は言った、「私にはそうは思えませんね」

医者は女の手を取って、なだめるように軽く叩いた。そして父親と握手をした。

女は子供の額に指をあて、しばらくじっとそのままにしていた。「少なくとも熱はないわ」と彼女は言った。それからこう言った、「でもわからなくなってきた。あなたもちょっと手をあててみて」

男は子供の額に指をあてる。「とくに、まずいところがあるようには思えないな」

女はしばらくそのままそこに立っていた。唇を歯の先にあてて動かしながら。それから椅子のところに行って腰を下ろした。

夫はその隣の椅子に座っていた。彼は何か違ったことが言いたかった。でも言うべき言葉が思いつかなかった。彼は妻の手を取って、自分の膝の上に置いた。それで彼は少し気が休まった。まるで何か慰めの言葉を言えたような気がしたのである。そんな格好で二人はしばらくそこに座っていた。何も言わず、じっと子供の顔を見ながら。ときおり彼は妻の手を強く握りしめたが、やがて彼女はその手を引っこめた。

「私、お祈りしていたの」と彼女は言った。

「僕もだよ」と父親は言った。「僕もお祈りしていたんだ」

看護婦が部屋に入ってきて、点滴の具合をチェックした。

医者が入ってきて、自分の名前を告げた。この医者はローファーを履いていた。

「坊やを下に連れていって、もう少しレントゲン写真を撮ります」と彼は言った。

「それにスキャンもやってみたいんです」

「スキャンですって？」と母親は言った。彼女はこの新しい医者とベッドのあいだに立ちはだかるように立っていた。

「ただの検査ですよ」と医者は言った。

「だってそんな」と彼女は言った。

二人の看護手伝いの男が車輪のついたベッドのようなものを押しながら部屋に入ってきた。彼らは点滴のチューブを外し、子供の体をその移動用ベッドの上に移した。


誕生日を迎えた少年が部屋に戻されるころには、もう夜も明けていた。母親と父親は看護手伝いの男たちのあとからエレベーターに乗って部屋に戻った。そして再び二人でベッドの枕もとの椅子に座った。

二人は丸一日そこで待った。少年は目を覚まさなかった。医者がまたやってきて、また診察をした。そしてまた同じことを言って帰っていった。看護婦がやってきた。医者たちがやってきた。専門技師がやってきて、血液を採取した。

「いったいどういうことなんですか？」と母親はその技師に尋ねた。

「ドクターの指示です」と技師は言った。

母親は窓際に行って、外の駐車場を見下ろした。ライトをつけた車が行き来していた。彼女は窓の下枠に両手を置いたまま、窓辺にずっと立っていた。そして自分に向かってこう言いきかせた。私たちは今新しいところに来ているんだ。

彼女は怖かった。

車が停まって、そこにロング・コートを着た女が乗り込もうとしていた。彼女は自分がその女なんだと思い込もうとした。自分は今から車に乗って、何処か別の場所に行こうとしてるのだと。


医者が入ってきた。彼は以前にもまして健康そうに、そして以前にもまして日焼けしているように見えた。彼はベッドのところに行って子供の診察をした。そして言った、「悪い徴候は見えませんね。心配はありません」

母親は言った、「でも眠りっぱなしなんですよ」

「そのとおりです」と医者は言った。

夫は言った、「家内は疲れているんです。何も食べていませんし」

医者は言った、「お休みにならなくてはいけませんよ、奥さん。それに何か召し上がらなくては」

「どうも、いろいろ」と夫は言った。

　彼は医者と握手した。医者は二人の肩を軽く叩いてから、部屋を出ていった。

「僕らのどちらかが家に帰って、様子を見てきた方がいいと思うな」と男が言った。

「犬にも餌をやらなくちゃならないし」

「近所の人に電話してやってもらえば」と妻は言った。「あなたが頼めば、だれかにやってもらえるでしょう」

　彼女は考えようとした、誰に頼めばいいだろうと。彼女は目を閉じて、とにかく何でもいいから考えようとした。少しあとでこう言った、「いいわ、私がやるわ。私がここからいなくなれば、この子も目を覚ますかもしれない。この子が目を覚まさないのは、私がずっとそばについているせいかもしれないわ」

「あるいはね」と夫は言った。

「家に帰って、お風呂に入って、新しい服に着替えてくるわ」と女は言った。

「それがいい」と男は言った。

　彼女はハンドバッグを手に取った。夫がコートを着せてやった。彼女はドアに手をかけてから、後ろを振り向いて子供の方を見た。それから父親に目をやった。夫は肯いて、にっこりと笑った。

彼女は看護婦詰め所の前を通って、廊下の端まで歩いた。そこを曲がると、小さな待合室があった。待合室の中には家族が一組いた。彼らは全員柳細工の椅子に座っていた。カーキ色のシャツを着た男は野球帽を後ろにずらしてかぶり、大柄な女は普段着にスリッパという格好、ジーンズをはいた娘は縮れた髪をいくつもの細かいおさげにしている。テーブルの上には薄い包装紙や、発泡スチロールのコップや、コーヒーのかきまわし棒や、塩と胡椒のパックなんかがちらかっていた。

「ネルソンのことですか？」と女が言った。「ネルソンのこと？」

女の目が大きく見開かれた。

「言ってくださいな」と女は言った。「ネルソンがどうかしました？」

女は椅子から立ち上がろうとしたが、男が彼女の腕に置いた手をぎゅっと握った。

「落ち着けよ」と男は言った。

「申し訳ありません」と母親は言った。「私はエレベーターを探しているんです。うちの息子がここに入院しているんですが、エレベーターが何処にあるかわからなくて」

「エレベーターはあっちだよ」と男は言って、しかるべき方向を指さした。

「息子が車にはねられたんです」と母親は言った。「でも回復に向かっています。ショック状態なんですが、でも昏睡のようなものかもしれません。それが気がかりなのです。その昏睡の可能性が。私はちょっと家に帰ります。お風呂にでも入ろうかと思って。夫がかわりに付き添って、様子を見てくれています。私が席を外しているあいだに、いろんなことがすっかり好転するかもしれませんし。私の名前はアン・ワイスです」

男は椅子の上で体の位置を変えた。そして首を振った。

彼は言った、「わしらのネルソン」

彼女は車を私道に入れた。家の裏から犬が駆け出してきて、芝生の上をぐるぐると輪を描いて走った。彼女は目を閉じて、ハンドルの上に頭を載せた。かちかちかちかちというエンジンの冷えていく音が聞こえた。

彼女は車を下りて、玄関のドアまで歩いた。電灯をつけ、お茶を飲もうとお湯を沸かした。ドッグ・フードの缶を開けて犬に与えた。そしてお茶のカップを手に、ソファーに腰を下ろした。

電話のベルが鳴った。

「はい！」と彼女は言った。「もしもし！」

「ワイスさんですかね」と男の声が言った。

「そうです」と彼女は言った。「ワイスの宅です。スコッティーのことですか？」

「スコッティー」とその声は言った。「スコッティーのことですよ」と声は言った。

「スコッティーに関係のあることですよ、ええ」

出かけるって女たちに言ってくるよ

Tell The Women We're Going

ビル・ジェイミソンとジェリー・ロバーツは幼いころからの無二の親友だった。二人は町の南区域にある古い催しもの広場《フェア・グラウンド》のそばで育ち、同じ小学校から同じ中学校へ、そしてアイゼンハワー校へと進学した。二人は学校では可能な限りたくさん同じ先生の講義を選択し、互いのシャツやセーターやペグド・パンツ（腰まわりがふくらんで先細りのズボン。五〇年代に流行した）を交換し、同じ女の子たちとデートしたり、寝たりもした。万事が万事そういう具合だった。

夏休みには二人は組んでアルバイトをした。桃の取り入れをしたり、さくらんぼを摘んだり、ホップの筋をとったり、小銭が入って上役にうるさいことを言われたりこづきまわされたりしないですむ仕事ならなんでもやった。それから二人は共同で車を買った。ハイスクールの三年生になろうという夏に、金を出しあってまっ赤な54年型のプリマスを三百二十五ドルで手に入れたのだ。

二人はその車を共同で使ったが、べつに問題もなくうまくいった。

しかしジェリーは一学期が終わる前に結婚し、学校をドロップ・アウトしてスーパー・マーケットに就職した。

ビルもその女の子とデートしたことがあった。キャロルという名の娘だった。彼女とジェリーはうまくいっていた。ビルは暇さえあれば二人のところに遊びにいった。彼は急に大人になったような気がした。なにしろ所帯持ちの友達がいるのだ。彼は昼飯どき夕飯どきに二人のうちに遊びに行った。そしてみんなでエルヴィスやらビル・ヘイリーとザ・コメッツやらを聴いた。

しかし、ときどきキャロルとジェリーはビルのいる前でいちゃつきはじめることがあった。そうなるとビルは立ち上がって「ちょっとデゾーンのガソリン・スタンドまで歩いてって、コークを買ってくるよ」と言って出ていくしかなかった。というのはアパートの部屋にはベッドが一つしかなくて、それは居間にあるソファーベッドだったからだ。あるいはキャロルとジェリーが二人でバスルームに入ってしまうこともあった。そういうときにはビルは台所にひっこんで、食器棚や冷蔵庫を興味深そうに眺めているふりをし、何も聞かないようにつとめなくてはならなかった。

そういうこともあって、彼は二人の家にあまりしょっちゅうは行かないようになった。六月に彼は学校を卒業し、ダリゴールドの工場に就職し、州軍に入った。一年のうちに彼は自前のミルク販売ルートを持ち、リンダという娘と恋人として付き合い始めた。ビルとリンダは二人でジェリーとキャロルの家に行って、ビールを飲んだりレコードを聴いたりした。

キャロルとリンダは気が合った。キャロルは「リンダって嘘のない人ね」とそっと打ち明けるように言った。ビルはそれを聞いてとても嬉しかった。

ジェリーもリンダのことを気に入った。「彼女はゴキゲンだよ」とジェリーは言った。

ビルとリンダが結婚したとき、ジェリーが花婿の付添い役をつとめた。披露宴は当然のことながらドネリイ・ホテルで行われた。ジェリーとビルは二人で悪ふざけしてはしゃぎまわり、腕ぐみをして、パンチ酒を一気飲みした。しかしそんな幸せのまっただ中で、ビルはふとジェリーの顔を見てずいぶん老けたなと思った。二十二歳にしてはいささか老けすぎている。そのとき既にジェリーは二人の子供の幸せな父親で、ロビーズ・スーパー・マーケットの店長に昇格していた。そしてキャロルはおなかの中に次の赤ん坊をつめこんでいた。

二組の夫婦は土曜日と日曜日ごとに顔を合わせた。休日があればその回数はもっと増えた。天気がよければ彼らはジェリーの家でホットドッグを焼き、子供たちを簡易プールで勝手に水遊びさせておいた。そのプールはジェリーが自分の店からほとんどただ同然で手に入れたものだった。実際、彼は多くのものをそんな具合にただ同然で手に入れていた。

ジェリーは立派な家に住んでいた。家は丘の上にあって、ナッチーズ川が見わたせた。近所にはいくつか家があったが、家と家との間隔は離れていた。ジェリーの暮し向きはなかなかたいしたものだった。ビルとリンダとジェリーとキャロルが集まるのはいつもジェリーの家だった。そこならバーベキューのセットもあったし、レコードも揃っていたし、ジェリーのたくさんの子供たちを連れ歩かなくてすんだからだ。

事の始まりはそんな日曜日のジェリーの家だった。

女たちは台所でかたづけものをしていた。ジェリーの娘たちは庭にいた。プールにビニールのボールを投げこみ、歓声をあげ、水を蹴散らしながらそれを追いかけていた。

ジェリーとビルは中庭《パティオ》のリクライニング・チェアに座り、のんびりくつろいでビールを飲んでいた。

ビルがだいたい一人でしゃべった。共通の知人のことや、ダリゴールド社のことや、彼が買おうとしているフォード・ドアのポンティアック・カタリナのことだ。

ジェリーは物干しロープや、ガレージの中の68年型シボレー・ハードトップをじっと眺めているだけだった。なんだかずいぶん自分の中にこもっているな、とビルは思った。意味なくものを見つめたり、ろくに口をきかなかったり。

ビルは椅子の中で体を動かし、煙草に火をつけた。

「よう、どうかしたのか？　なんていうか、変だぜ」

ジェリーはビールを飲み干し、缶をにぎりつぶした。そして肩をすくめた。

「まあな」とジェリーは言った。

ビルは肯いた。

それからジェリーが言った、「ひとっ走りしないか？」

「いいねえ」とビルは言った。「女たちにちょっと出かけるって言ってくるよ」

二人はナッチーズ・リヴァー・ハイウェイをグリードの方に向かった。ジェリーが運転した。よく晴れた暖かな日で、風が車の中を通り抜けていった。

「どこに行くんだい？」とビルがたずねた。

「玉突きでもやろうや」

「いいとも」とビルは言った。ジェリーが元気になったのを見て、彼はとてもほっとした。

「男には息抜きってものが必要なんだ」とジェリーは言った。そしてビルの方を見た。

「な、わかるだろ？」

たしかにそうだとビルも思った。彼も金曜日の夜に工場の連中とボウリングの対抗試合に出かけるのが好きだった。週に二回、仕事帰りにジャック・ブロデリックと二人で軽くビールを飲むのも好きだった。たしかに男には息抜きが必要なのだ。

「まだつぶれてなかったな」とジェリーは言って、「娯楽センター」の正面の砂利敷に車を停めた。

中に入るとき、ビルがジェリーのためにドアを押さえてやった。ジェリーは通りぎわに、ビルのみぞおちに軽くパンチをくれた。

「ようよう」

ライリーがそう声をかけた。

「よう、元気かい」

ライリーはそう言ってニヤニヤしながらカウンターの後ろから出てきた。がっしりとした男だ。半袖のアロハ・シャツの裾をジーンズの上にたらしている。「どう、御機嫌にやってる？」とライリーは言った。

「ああ、何はともあれオリンピアを二本、さっさとくれよ」とジェリーが言い、ビルに向かってウィンクした。「ライリー、あんたも元気かい？」とジェリーは言った。

ライリーは言った、「おたくらこそ何してたんだよ。いったいどこをうろついてたんだ？　どっかで女遊びでもしてたのかい？　この前あんたに会ったときゃさ、ジェリー、おたくのかみさんが妊娠六ヵ月のときだったよな」

ジェリーはしらけた顔で黙り込んだ。

「なあ、ビールくれよ」とビルが言った。

二人は窓際のスツールに腰を下ろした。ジェリーが言った、「おい、ライリー、いったいこの店はどうなってんだよ。日曜の午後だっていうのに女が一人もいないじゃないか」

ライリーは声をあげて笑った、「みんな教会で素敵な一発をお与えくださいってお祈りでもしてんじゃないかねえ」

二人は缶ビールをそれぞれ五本ずつ飲み、二時間かけてローテーションを三ゲームとスヌーカーを二ゲームやった。ライリーはカウンター椅子に腰かけて話をしながら二人のプレイを眺めていた。ビルはずっと腕時計とジェリーの顔を見くらべていた。

「そろそろ引き上げようぜ、ジェリー。なあ、もういいだろ？」とビルは言った。

ジェリーは缶ビールを飲み干し、握りつぶし、突っ立ったまましばらくその平らになった缶を手の中でくるくると回していた。

ハイウェイに戻ると、ジェリーは車をすっとばした。八五マイルから九〇マイルのあいだだ。彼らが女の子の二人連れを目にしたのは、家具を積んだおんぼろのピックアップ・トラックを追い越した直後だった。

「見ろよ！」とジェリーは言いながら、車のスピードを落とした。「おいしそうじゃないか」

ジェリーは一マイルほどそのまま進んでから、道路のわきに車を停めた。「引き返そうぜ」とジェリーは言った。「声をかける」

「参ったな」とビルは言った。「本気かよ？」

「その気になってきた」とジェリーは言った。

「でも、弱ったな」とビルは言った。

「頼むからさ」とジェリーは言った。

ビルは腕時計にちらりと目をやって、それからあたりをぐるっと見回した。「お前しゃべってくれよな。俺はそういうの御無沙汰だからさ」

ジェリーはからかうように笑ってから、勢いよく車の向きを変えた。

彼は女の子たちとほとんど平行に並ぶところまで来ると、車のスピードをゆるめた。そしてシボレーを彼女たちの向かい側の路肩に乗り上げた。女の子たちはそのまま自転車のペダルをこぎつづけたが、それでもお互いに顔を見合わせて、声をあげて笑った。内側の女の子は黒髪で背が高く、すらっとしていた。もう一人はもう少し小柄で、明るい色の髪だった。二人ともショート・パンツをはいて、ホルターネックのシャツを着ていた。

「はすっぱめ」とジェリーは言った。そして車を何台かやりすごしながらUターンできる機会を待った。

「俺は髪の黒い方を取る」と彼は言った。「お前は小さい方でいけよ」

ビルはフロント・シートの中で体をもぞもぞと動かし、サングラスのブリッジにさわった。「うまくはいかないよ」と彼は言った。

「位置からいくと、声をかけるのはお前の方だな」とジェリーが言った。

彼は車をぐるっと回して、もと来た道を引き返した。「さあやれ」とジェリーは言った。

「やあ」自転車をこぎつづける娘たちに向かってビルは言った。「僕の名前はビル」
「それはそれは」と黒髪が言った。
「君たちどこに行くの？」とビルが言った。
娘たちは答えなかった。小柄な方が声をあげて笑った。二人は自転車をこぎつづけ、
ジェリーはそれに合わせて車を前進させた。
「なんだいなんだい、教えなよ。どこまで行くの？」
「べつに」と小柄な方が言った。
「だってどこかに行くはずだろう？」とビルが言った。
「言いたくないのよ」と小柄な方が言った。
「僕は名前をさっき言った」とビルは言った。「君たちのを知りたいな。僕の連れは
ジェリーってんだ」
娘たちは顔を見合わせ、声をあげて笑った。
後ろから車がやってきて、ホーンを鳴らした。
「うるせえなあ！」とジェリーが怒鳴った。
彼は車を後にさげて後続車を先にやり、それからまた娘たちの横に戻した。
ビルが言った、「君たち、車に乗りなよ。ちゃんと目的地まで連れてってやるよ。

本当だよ。自転車だって乗りつかれたんだろ？　顔を見りゃわかる。過激な運動は体によくないんだぜ。とくに若い女の子にはさ」

娘たちは笑った。

「だからさ」とビルは言った。「名前教えてよ」

「私はバーバラ、この子はシャロン」と小柄な方が言った。

「やったね」とジェリーが言った。「あとは行き先を聞きだせ」

「で、君たちどこへ行くの、バーブ？」とビルが訊ねた。

彼女は笑った。「べつに」と彼女は言った。「このちょっと先」

「この先のどこさ？」

「教えていいかしら？」と彼女は連れに訊ねた。

「いいんじゃない」とシャロンという名の連れの方が言った。「べつにどっちだって同じよ。いずれにせよ連れなんてほしくないんだから」

「どこに行くんだよ」とビルは言った。「ひょっとしてピクチャ・ロックかな？」

娘たちは笑った。

「間違いないぜ」とジェリーが言った。

彼はシボレーのエンジンを吹かせ、車を少し先の路肩に乗せて停めた。それで、娘たちは彼の側を通り過ぎることになった。

「いいじゃないか」とジェリーは言った。「来なよ」と彼は言う。「名乗りあった仲じゃないか」

娘たちは彼のわきを通りすぎていった。

「かみつきゃしねえよ!」とジェリーは怒鳴った。

黒髪の方がちらっとふりかえった。ジェリーにはそれが流し目をくれたように思えた。もっとも若い娘の目つきが何を語っているかなんて、誰にもわかりはしない。

ジェリーは車を勢いよくハイウェイに戻した。土と砂利がタイヤの下ではねた。

「また会おうぜ!」遠ざかっていく二人に向かってビルが叫んだ。

「いただきだな」とジェリーが言った。「俺を見たときのあの女の目、見たかい?」

「どうかね」とビルは言った。「このまま家に戻った方がいいんじゃないかな」

「もう俺たちのものさ」とジェリーは言った。


彼は樹々のかげに車を停めた。ハイウェイはこのピクチャ・ロックで二つにわかれていた。一方の道はヤキマに、もう一方はナッチーズ、イーナムクロウ、チヌーク峠、シアトルへと通じている。

道路から一〇〇ヤード離れたところに黒い岩でできた高い小山があった。低く連なった丘の一部で、そこにはまるで蜂の巣みたいに小径や小さな洞窟が掘られ、洞窟の壁のあちこちには先住民の絵文字が描かれていた。岩山の道路に面している側は断崖になっていて、そこは落書きでいっぱいだった。ナッチーズ67――グリード山猫団――イエスは救いたもう――くたばれヤキマ――悔い改めよ

二人は車の中で煙草を吸った。蚊が何匹も入ってきて、二人の手を刺そうとした。

「ビールがありゃなあ」とジェリーは言った。「ビール飲みてえな」

「まったくさ」とビルは言って腕時計を見た。

娘たちの姿が現れると、ジェリーとビルは車の外に出て、フロントのフェンダーにもたれかかった。

「わかってるよな」と車を離れながらジェリーが言った。「髪の黒い方が俺、もう一人の方がお前」

娘たちは自転車を置いて、小径の一つをのぼっていった。二人の姿は曲がり角で消え、もう少し上の方でまた現れた。彼女たちはそこで立ち止まって、下を見下ろした。

「なんで私たちの後つけるのよ？」と黒髪の方が下に向かって怒鳴った。

ジェリーが小径をのぼりはじめた。

娘たちはくるっと向こうを向いて、速足で先へと進んだ。

ジェリーとビルはゆっくりしたペースで歩いてのぼった。ビルは煙草をずっと吸っていて、ちょくちょく立ち止まっては一服した。小径の曲がり角で彼は後ろをふりかえって、置いてきた車の方をちらっと見た。

「来いったら！」とジェリーは言った。

「行くよ」とビルは言った。

彼らはのぼりつづけた。しかしすぐにまたビルは一息つかねばならなかった。もう車は見えなかった。ハイウェイも見えなかった。左手のずうっと下の方にナッチーズ川の川筋の一部が見えた。アルミ・フォイルの切れっぱしみたいだった。

ジェリーが言った、「お前は右に行け。俺はまっすぐ行く。二人を挟みうちにしてやるんだ。あいつら気を持たせやがって」

ビルは肯いた。息が切れて、口もきけなかった。

彼はなおも上にのぼりつづけたが、やがて道は下りになり、谷の方に向かっていた。目をやると娘たちが見えた。二人は露出した岩の後ろでしゃがんでいた。笑顔を浮かべているように見えた。

ビルは煙草をとりだした。しかしそれに火をつけることはできなかった。そのときにジェリーが姿を現した。そしてその後では煙草のことなんか忘れてしまった。ビルはただ女とやりたかっただけだった。あるいは裸にするだけでもよかった。でももし駄目でも、それはそれでまあいいさと思っていた。

ジェリーが何を求めているのか、ビルにはわからなかった。しかしそれは石で始まって、石で片がついた。ジェリーはどちらの娘に対しても同じ石を使った。最初がシャロンという名の娘で、ビルがいただくことになっていた娘が後だった。

デニムのあとで

After The Denim

イーディス・パッカーはカセット・テープをヘッドフォンで聴きながら、夫の煙草を吸っていた。テレビはついていたが、音は出ていない。彼女はソファーの上に両脚を折るようにして座り、雑誌のページを繰っていた。ジェームズ・パッカーが客間から出てきた。彼は客間を、自分の仕事場として使っていたのだ。イーディス・パッカーはヘッドフォンを耳から外した。彼女は煙草を灰皿に置き、爪先を向けて、挨拶がわりにもそもそと指を動かした。

彼は言った、「どうする、行くか?」

「私は行くわよ」と彼女は言った。

イーディス・パッカーはクラシック音楽が好きだったが、ジェームズ・パッカーはそうではない。彼は退職した会計士だった。でもときどき昔の顧客の納税申告の仕事を引き受けており、仕事中に音楽が聞こえるのを好まなかった。

「行くんなら、行こうぜ」

彼はテレビに目をやり、それからそちらに行ってスイッチを切った。

「行くわよ」と彼女は言った。

彼女は雑誌を閉じて、立ち上がった。そして部屋を出て、奥に行った。

彼は彼女のあとを追って、裏のドアが閉まっているか、ポーチの電灯が点いているかどうかを確かめた。それから居間に立ったまま、我慢強く妻を待った。

コミュニティー・センターまでは車で十分の距離だった。ということはつまり、二人は最初のゲームには参加できないということになる。

ジェームズがいつも車を停める場所には、車体に何かを描いた古いヴァンが停まっていたので、彼はそのブロックのいちばん奥まで行かなくてはならなかった。

「今晩はいやに車が多いんじゃない」とイーディスは言った。

「時間どおりに来ていたらこんなにはいなかったよ」と彼は言った。

「時間どおりに来ていても同じよ。ただ見ないですんだだけよ」彼女は彼の袖をからかうようにつまんだ。

彼は言った、「なあイーディス、もしビンゴ・ゲームをまともにやりたいのなら、時間どおりにこなくちゃいけないよ」

「まあまあ」とイーディス・パッカーは言った。

彼は駐車スペースを見つけて、そこに車を入れた。エンジンを切り、ライトを消した。彼は言った、「今夜はどうもうまくいきそうな気がしないんだ。ハワードの税金の処理をしていたときには、今日はいけるぞって感じがしてたんだよ。でも今はどうも気が進まない。ゲームの前にはるばる半マイルも歩かなくちゃならないなんて、げんが悪いとしかいいようがないじゃないか」

「ずっと私のそばについていらっしゃいよ」とイーディス・パッカーは言った。「そうすればツキが回ってくるから」

「そういう感じもないんだけど」とジェームズは言った。「ドアをちゃんとロックしてくれよな」

冷たい微風が吹いていた。彼はウィンドブレーカーのジッパーを首の上まで上げた。彼女はコートの前を合わせた。建物の裏手にある崖の下から波が岩にあたって砕ける音が聞こえた。

「最初にあなたの煙草を一本ちょうだい」と彼女は言った。

二人は角にある街灯の下に立ち止まった。街灯は壊れていて、補強用の針金が巻きつけてあった。針金が風に吹かれて、舗道の上にその影を描いていた。

「いつになったら煙草をやめるんだよ?」彼は妻の煙草に火をつけ、自分の煙草に火をつけたあとでそう言った。

「あなたが禁煙したあとでね」と彼女は言った。「あなたがやめたらやめるわよ。あなたが禁酒したあとで、私も禁酒したみたいにね。それと同じよ。あなたがやめたら、私もやめる」

「じゃあ編み物のやり方を教えてやるよ」と彼は言った。

「編み物をやる人は一家に一人で十分なんじゃない?」と彼女は言った。

彼は彼女の腕をとった。そして二人は歩き続けた。

玄関に着いたとき、彼女は煙草を下に落として、足で踏み消した。そして二人は階段を上って、ロビーの中に入った。そこにはソファーがあり、木製のテーブルがあった。折りたたみ式の椅子が積み重ねてあった。壁には漁船や軍艦の写真が掛かっていた。そのうちの一つは引っくり返った船の写真だった。一人の男が竜骨の上に立って手を振っていた。

パッカー夫妻はロビーを通り過ぎた。廊下を歩くあいだ、ジェームズはずっとイーディスの腕を支えるようにつかんでいた。

ずっと奥の方の戸口の脇に、クラブの女性が何人か座って、集会場に入る人の名前を控えていた。中では既にゲームが始まっており、ステージに立った女性が数字を読み上げていた。

パッカー夫妻はいつもの席に向かって急いだ。でもいつも二人が座る席には、若いカップルが既に腰を下ろしていた。女の子はデニムの服を着ていた。隣に座った長髪の男もやはりデニムの服を着ていた。女の子は指輪やブレスレットやイヤリングをつけていて、それが乳白色の光にきらきらと輝いていた。パッカー夫妻が近づいていくと、女の子は連れの男の方を向いて、彼のカードの数字を指でつついた。それから彼の腕をつねった。男は髪を頭の後ろで結んでいた。それに加えて、男が耳たぶに小さな金の輪っかをつけていることも、パッカー夫妻は見てとった。

ジェームズはイーディスを別のテーブルに連れていった。そしてそこに腰を下ろす前にもう一度後ろを振り向いた。彼はまず自分のウィンドブレーカーを脱ぎ、イーディスのコートを脱がせてやった。それから自分たちの場所を占領しているカップルの方をじっと見た。娘は番号が読み上げられるたびに、自分の手札にさっと目を通した。

それから身をのりだすようにして男の手札も見た。これじゃまるで、男が自分の数字を読むのさえおぼつかないのろまみたいに見えるな、とジェームズは思った。

ジェームズはテーブルの上に置かれたビンゴ・カードを一束取った。その半分をイーディスに渡した。「いいのを選んでくれよな」と彼は言った。「僕はこのいちばん上の三枚をそのまま取るからね。なんだっていいんだよ、もう。僕はどうも今夜はツキがないような気がするんだよ」

「もう気にするのはよしなさいよ」と彼女は言った。「あの人たち、誰かに害を及ぼすってわけでもないでしょうが。ただ若いっていうだけじゃない」

彼は言った、「でもこれは、ここのコミュニティーの人たちのために開かれる定例の金曜の夜のビンゴなんだぜ」

彼女は言った、「ここは自由の国でしょう」

彼女はカードの山を返した。彼はそれをテーブルの向こう側に置いた。それから二人は鉢の中の豆を手に取った。

ジェームズはビンゴの夜のために貯めておいた一ドル札の束から一枚を抜いた。そしてそれを自分のカードの隣に置いた。クラブで働く女性の一人がほどなくコーヒーの空き缶を持ってやってくることになっている。青みがかった髪のやせた女で、首にほくろがあった。パッカー夫妻は彼女の名前がアリスであるということしか知らなかった。彼女は札や硬貨を集め、釣り銭が必要なら置いていくのだ。配当金を渡すのは、彼女かあるいはもう一人の女性である。

ステージの上の女性が「Iの25」と言った。場内の誰かが「ビンゴ！」と叫んだ。アリスがテーブルの間を縫うようにして前に進んだ。彼女は当たりカードを手に取り、ステージの上の女性が当たり番号を告げているあいだそれをかざしていた。

「ビンゴです」とアリスが確認した。

「みなさん、このビンゴの賞金は十二ドルです！」とステージの上の女性がアナウンスした。「おめでとうございました！」

パッカー夫妻はそのあと五ゲームやったが、どれもうまくいかなかった。ジェームズは一度持ち札の一枚でかなりいいところまでいった。でもそれから五つの数字が連続して読み上げられたのだが、どれも彼の手持ちの数字ではなかった。その五つめの数字が誰かのカードをビンゴにした。

「あのときはもう一息っていうところだったのにね」とイーディスが言った。「私、ずっとあなたの札を見ていたのよ」

「気をもたせてるだけさ」とジェームズは言った。

彼はカードを傾けて、手のひらに豆をこぼした。そして手を閉じて、拳を作った。その拳の中で豆を振った。豆を窓の外に向かって投げている少年の姿が彼の脳裏に浮かんだ。その記憶はずっと遠くの方からやってきた。なぜか心が淋しくなった。

「カードを換えてみたらどう?」とイーディスが言った。

「どう転んでも今夜は駄目さ」とジェームズは言った。

彼はまた若いカップルの方に目をやった。男が何か言って、二人はそのことで大笑いしていた。ジェームズが見たところ、まわりの人間の存在なんて二人の目にはまるで入っていないみたいだった。


アリスが次のゲームの賭金を集めに回ってきた。そして最初の番号が読み上げられた直後に、ジェームズはデニム服を着た男が、自分が金を払っていないカードの上に豆を一つ載せるのを目にした。次の番号が読み上げられると、男はまた同じことをやった。ジェームズは唖然としてしまった。彼は自分のカードに神経を集中することができなくなった。彼はデニム男が何をやっているのか、そちらの方にひっきりなしに注意を向けていた。

「ねえジェームズ、ちゃんと自分のカード見てたら」とイーディスが言った。「あなたNの34を逃しちゃったわよ。ぼんやりしてちゃ駄目よ」

「我々のいつもの席に座っている男がインチキをやってるんだ。信じられないよ」とジェームズは言った。

「どんなインチキをやってるのよ?」とイーディスが訊いた。

「金を払っていないカードを使っているんだ」とジェームズは言った。「誰かが通報しなくっちゃ」

「あなた、関わりあいにならないでちょうだいね」イーディスは言った。彼女はゆっくりとしゃべった。そして自分のカードにじっと視線を注いでいた。彼女は自分の番号の上に豆を落とした。

「あいつ、インチキやってる」とジェームズは言った。

彼女は手のひらの豆をつまみあげて、それをある番号の上に置いた。「気にしないで、あなたは自分のことをやってなさいよ」

彼は自分のカードに目を戻した。でも今回のゲームに勝つ見込みがないことは火を見るよりも明らかだった。それまでどれくらいたくさんの番号を自分がミスしたか、見当もつかないくらいだ。もう挽回のしようもない。彼は手のひらの中の豆をぎゅっと握りしめた。

ステージの上の女性が大声で告げた。「Gの60」

誰かが叫んだ、「ビンゴ！」

「やれやれ」とジェームズ・パッカーは言った。

十分の休憩が告げられた。休憩後にブラックアウトが行われます、という案内があった。カードは一枚一ドル、勝った人の総取り、今週のジャックポット（積立賭金）は九十八ドルです。

口笛が吹かれ、拍手があった。

ジェームズはカップルの方を見た。男は耳の輪っかをいじりながら、天井をじっと見上げていた。娘は手を彼の脚の上に載せていた。

「化粧室に行ってくるわね」とイーディスは言った。「煙草をくれる？」

ジェームズは言った、「レイズン・クッキーとコーヒーをとってこよう」

「私は化粧室に行ってくる」とイーディスは言った。

でもジェームズ・パッカーはクッキーとコーヒーをとりには行かなかった。そのかわりにデニム男のところに行って、その椅子の後ろに立った。

「おたくのやってること、ちゃんと見てるからな」

男は振り向いた。「何だって?」と彼は言って、睨みつけた。「俺がいったい何をしてるって言うのよ?」

「言うまでもなかろう」とジェームズは言った。

女の子はクッキーをかじりかけたところで手を止めていた。

「ひとこと御忠告まで」とジェームズは言った。

彼は自分の席に戻った。彼の体はわなわなと震えていた。

イーディスは帰ってくると、彼に煙草を返し、何も言わずに椅子に腰を下ろした。陽気な性格の彼女にしては珍しいことだった。

ジェームズは彼女の顔をしげしげと見た。「何かあったのかい、イーディス?」

「また汚れが出てるの」と彼女は言った。

「汚れ?」と彼は言った。でも彼にはそれがどういう意味なのかわかっていた。「汚れ」と彼はとても静かな声で繰り返した。

「まったくねえ」とイーディス・パッカーは言って、何枚かカードを手に取って、選り分けた。

「家に帰った方がいいな」と彼は言った。

彼女はカードの整理をつづけた。「帰ることないわよ」と彼女は言った。「ただ汚れてるっていうだけ」

彼は妻の手に触れた。

「帰ることもないわ」と彼女は言った。「大丈夫だから」

「これはまさに史上最悪のビンゴの夜だな」とジェームズ・パッカーは言った。

二人はブラックアウト・ゲームに参加した。ジェームズはデニム男のことをじっと見ていた。その男はあい変わらず同じことを続けていた。自分が金を払っていないカードを使ってゲームしていたのだ。ときおりジェームズはイーディスの具合はどうかなと気を配った。でも仕草はどうとでもとれた。彼女は唇をぎゅっと結んでいた。それはいろんな可能性を意味した。決意、不安、痛み。あるいは彼女はぎゅっと唇を結んでこの特別なゲームにのぞんでいるというだけのことかもしれない。

彼は一枚のカードでは三つのナンバーの、もう一枚のカードでは五つのナンバーの可能性を持っていた。あとの一枚はどうしようもない。でもそのとき、デニム男の連れの娘が大声でわめき始めた。「ビンゴ、ビンゴ、ビンゴ！　ビンゴができた！」

デニム男も手を叩いて、娘と一緒に叫んだ。「彼女にビンゴができたぞ！　ビンゴだ、ビンゴだ！」

デニム男はずっと手を叩き続けた。

ステージに立っていた女性が下りてきて、自ら娘のテーブルまで出向き、そのカードを元帳と照合した。彼女は言った、「この娘さんがビンゴを出しました。九十八ドルのジャックポットです！　みなさん、拍手をどうぞ。ビンゴが出ました！　ブラックアウトです！」

イーディスもみんなと一緒に拍手をした。でもジェームズはずっと両手をテーブルの上に載せていた。

ステージにいた女性が娘に現金を手渡すと、デニム男は彼女を抱き締めた。

「あいつら、あの金でドラッグでも買うんだ」とジェームズは言った。

二人はそのあともずっとそこに残っていた。最後のゲームまでしっかり参加した。最後のゲームは「プログレッシブ」と呼ばれるもので、しかるべき数のナンバーが読み上げられてもビンゴが出ないときには、その賞金は積立金として次の週、また次の週へと回されることになっていた。

ジェームズは金を置き、勝つ希望も持てぬままにカードを手にゲームに参加した。彼はデニム男が今に「ビンゴ！」と叫ぶだろうと予想して待っていた。

でも、結局誰も勝たなかった。そして積立金は次の週に回されることになった。賞金はこれまでになく多額になっていった。

「今夜のビンゴはこれにて終わりとなります」とステージの上の女性が一同に向かって告げた。「どうも御来場有り難うございました。お気をつけてお帰りください。御機嫌よう」

パッカー夫妻はみんなと一緒に列を作って集会場を出たが、気がつくとデニム男とその連れの娘の後ろを歩いていた。二人は娘がポケットをとんとんと叩くのを見た。娘は男の腰に腕を回した。

「あいつらを先に行かせちゃおうぜ」とジェームズはイーディスの耳に囁いた。「あいつらの顔を見てるとむかつくんだよ」

イーディスはそれに対して何も言わなかった。でも彼女は歩みを遅くして、二人を先に行かせるようにした。

外では風が吹きはじめていた。自動車のエンジンをかける音にかぶさるようにして、波の音がたしかに聞こえたように、ジェームズには思えた。

彼はカップルが例のヴァンのところに足を止めるのを見た。わかりきってるじゃないか。考えてみれば当然のことだ。

「まったく参っちゃうな」とジェームズ・パッカーは言った。


イーディスはバスルームに入ってドアを閉めた。ジェームズはウィンドブレーカーを脱いで、それをソファーの背にかけた。そしてテレビのスイッチをつけ、椅子に腰を下ろして待った。

しばらくしてイーディスがバスルームから出てきた。ジェームズはテレビに神経を集中した。イーディスは台所に行って、水道の蛇口をひねった。それから水を止める音が聞こえた。イーディスが部屋にやってきて言った、「明日の朝にクロフォード先生に診てもらった方がいいみたい。たしかに何か変調があるようだから」

「まずいときにはまずいことが重なるもんだね」とジェームズは言った。

彼女はそこに立ったまま首を振っていた。彼女は手で目を覆っていたが、ジェームズがそばによって彼女の体を両腕で抱くと、彼によりかかった。

「イーディス、ああ、かわいそうに」とジェームズ・パッカーは言った。

彼はどうしていいかわからなかったし、怖くもあった。彼はそれとなく妻を抱いたままそこに立っていた。

彼女は手をのばして彼の顔に手を触れ、唇に唇を重ねた。それから「おやすみなさい」と言った。


彼は冷蔵庫の前に立った。そして開けっぱなしの扉の前に立って、中にあるものをひととおり点検しながら、トマト・ジュースを飲んだ。冷気が彼の方に向かって吹き出してきた。彼は棚に載った小さなパッケージや食品の収納ケースを調べ、ビニール・ラップにくるまれたチキンを調べた。それらはきちんと保護された美術館の展示品のようだった。

彼は扉を閉め、ジュースの最後のひとくちを流しの中に吐き出した。それから口をゆすいで、インスタント・コーヒーを作った。そしてそれを手に居間に行き、テレビの前に座り、煙草に火をつけた。彼にはわかっていた。一人の狂人がいて、一本の松明があれば、何もかもを灰燼に帰してしまうことができるのだ。

彼は煙草を吸い、コーヒーを飲んでしまった。それからテレビのスイッチを切った。寝室のドアの前に立って、しばらく物音に耳を澄ました。そんな風にそこに立って耳を澄ましていると、自分が卑しい人間みたいに感じられた。

なんで我々だけがこんな目にあわなくてはならないのだ？　なんで他の連中の身にこういうことが起こらずに済むのだ？　今夜見かけたような、鳥のようにすいすいと調子よく生きている連中の身に、こういうことが起こらないのだ？　なんでよりによってイーディスの身にこんなことが起こるんだろう？

彼は寝室のドアの前を離れた。散歩でもしようかと思った。でも風はますます荒々しさを増していた。家の裏手の白樺の木の枝はひゅううっというさむざむしい音を立てていた。

彼はまたテレビの前に腰を下ろした。でもスイッチはつけなかった。煙草に火をつけ、自分たちのすぐ前を歩いていた二人の、のっそりとしたいかにも偉そうな歩きっぷりのことを考えた。あいつらにわからせてやれたらなあ、と彼は思った。だれかがやつらにそのことを教えてやればなあ。たった一度でいいのだから！

彼は目を閉じた。朝は早く起きて、朝飯を作ることにしよう。クロフォードのところに行くのなら、俺も一緒についていってやろう。あの二人が待合室で俺と一緒にいなくちゃならないってことになるといいのにな。そうすれば、俺はあいつらに教えてやれるんだ。この先あいつらがどういう目にあうかということをだ。あの馬鹿野郎どもに、人生の真実というものをたたきこんでやるんだ。デニムやらイヤリングやらのあとに、いちゃいちゃしたりゲームでずるをしたりするあとに、どんなことが待ちかまえているか、俺はあいつらに教えてやるんだ。

彼は立ち上がり、客間に行って、ベッドの枕もとの電気をつけた。自分の書類と、会計簿と、計算機にちらりと目をやった。引き出しの一つにパジャマが一組はいっていた。彼はベッドの上掛けを折り返した。それから家の中をぐるりと回って電灯を消し、戸締りを確認した。そして強風にあおられている木の枝を、台所の窓からしばらく眺めていた。

彼はポーチの明かりをつけっぱなしにして、客間に戻った。そして自分用の編み物かごをわきに押しやり、これもまた自分用の刺繍バスケットを手に取ると、椅子に座った。彼はバスケットのふたを開け、金属製の張り輪を取り出した。まっさらの白いリネンがそこに張ってあった。小さな針を明かりの方にかざして、ジェームズ・パッカーは青い絹糸をその穴に通した。それから彼は作業にとりかかった。ひと針、またひと針。俺は今、引っくり返った船の竜骨に乗っていたあの男のように、大きく手を振っているんだと、自分に言いきかせながら。

足もとに流れる深い川

So Much Water So Close To Home

夫はがつがつと御飯を食べている。でも実際はそんなにおなかをすかせてはいないはずだ。彼は両腕をテーブルの上に置き、もぐもぐと口を動かしながら、正面にある何かをじっと見ている。私を見て、それからまた向こうをむく。彼はナプキンで口もとを拭く。肩をすくめ、また食事をつづける。

「どうして俺のことをそんなにじろじろ見るんだよ？」と彼は言う。「何だよ、いったい？」と彼は言う。そしてフォークを下に置く。

「見てたかしら？」と私は言って、頭を振る。

電話のベルが鳴り始める。

「出なくていい」と彼は言う。

「あなたのお母さんからかもしれなくてよ」と私は言う。

「放っておけよ」と彼は言う。

私は受話器を取って、耳を澄ませる。夫は食べるのを止める。

「だから言っただろう」私が受話器を置くと、彼はそう言う。そしてまた食べはじめる。それから皿の上にナプキンを放り投げる。彼は言う、「まったく何だって言うんだ。どうしてみんな余計なことにいちいち首を突っ込まなくちゃいられないんだ。いったい俺が何をしたって言うんだよ。あそこにいたのは俺一人じゃないんだ。俺たちはみんなで相談して決めたんだ。そのまま回れ右してもと来た道を引き返すわけにはいかなかったんだよ。車を停めた場所まで五マイルもあったんだ。しったかぶりの偉そうな意見なんて聞きたくないね。お願いだ」

「でもわかるでしょう」と私は言う。

彼は言う、「何がわかるっていうんだよ？　なあクレア、俺に何がわかるっていうんだよ。俺にわかっていることは一つしかない」彼は私にいかにも思慮深げな顔をしてみせる。「それはあの女がもう既に死んでいたってことだ」と彼は言う。「それについちゃ誰に劣らず気の毒だと思ってるよ。でもとにかく、そのときには死んじゃっていたんだ」

「そこが問題なのよ」と私は言う。

彼は両手を上にあげる。椅子をテーブルから引く。煙草を取って、缶ビールを手に裏に出ていく。ガーデン・チェアに座り、また新聞を取り上げる。

その第一面には彼の名前が出ているのだ。友人たちの名前と一緒に。私は目を閉じて、流し台にぎゅっとつかまる。そして腕で調理台の上に載っていた皿をなぎ倒すようにばらばらと床に落とす。

彼は動かない。音は聞こえたはずだ。頭は上にあげられている。まだ物音に耳を澄ましているみたいに。でもそれを別にすれば、彼は動かない。振り向きもしない。

彼とゴードン・ジョンソンとメル・ドーンとヴァーン・ウィリアムズは、一緒にポーカーをしたり、ボウリングをやったり、釣りに行ったりする仲間だ。毎年春と初夏が巡ってくると、みんなで釣りに行く。夏の家族旅行なんかで忙しくなる前に暇を見つけて出かけるわけだ。彼らはきちんとした人々である。家庭を大事にするし、仕事もおろそかにしない。彼らの子供たちは、うちの息子のディーンと同じ学校に通っている。

先週の金曜日に、良き家庭人たる彼らはナッチーズ川に釣りに出かけた。山の中に車を停め、そこから釣り場まで歩いた。寝袋やら食料やらトランプやらウィスキーやらも担いでいった。

キャンプをまだ張らないうちに彼らはその娘を発見した。見つけたのはメル・ドーンだった。娘は全裸だった。彼女の体は川面につきでた木の枝にひっかかっていた。

彼はみんなを呼んだ。一同はやってきてそれを目にした。彼らはどうしたものかと相談した。一人が――スチュアートはそれが誰だったかは言わない――すぐに引き返そうと言った。他のメンバーは足で砂をかきまわした。それはないんじゃないの、と彼らは言った。俺たちはくたくただし、もう時間も遅い。死体はどこかに逃げたりはしないさ。

結局、そのままキャンプを張った。焚き火を起こして、ウィスキーを飲んだ。月が昇ると、彼らは娘の話をした。誰かが言った。死体が流されないようにしておいたほうがいいんじゃないかな、と。彼らは懐中電灯を持って川に戻った。一人が――それはスチュアートかもしれない――水の中に入って死体を運んできた。彼は死体の指をつかんで、彼女を岸まで引っぱってきた。ナイロンの紐を持ってきて、女の手首を縛り、その紐を木に巻きつけた。

翌日の朝、彼らは朝食を作り、コーヒーを飲んだ。それからウィスキーを飲み、それぞれに別れて釣りにとりかかった。その夜、彼らは魚を調理し、ポテト料理を作り、コーヒーを飲み、ウィスキーを飲んだ。それから調理器具と食器を川に持っていって、娘の死体の側で洗った。

そのあと彼らはポーカーをやった。どうせまっ暗になってカードが見えなくなるまでやっていたのだろう。ヴァーン・ウィリアムズは引き上げて眠ってしまった。でも他の連中は話をした。ゴードン・ジョンソンは、釣った鱒の身が固いのは水がものすごく冷たいせいだと言った。

翌日、彼らは遅くまで寝ていた。ウィスキーを飲み、少し釣りをし、テントを畳み、寝袋を丸め、装備をかたづけ、そこを引き上げた。それから車で電話のあるところまで行った。スチュアートが電話をかけた。他の連中は日なたに立ってそれを聞いていた。彼はシェリフに自分たちの名前を名乗った。隠すことなんか何もなかった。恥じるべきこともない。彼らはそこで警察が来るのを待って、道順をくわしく伝え、供述を行った。

夫が帰宅したとき、私は眠っていた。でも台所の物音で目が覚めた。夫は冷蔵庫にもたれて、缶ビールを飲んでいた。彼はそのがっしりとした太い腕で私の体を抱き、大きな手で私の背中をさすった。ベッドの中で、彼はまた私の体に手を置き、それからそのままじっとしていた。まるで何か別のことを考えているみたいに。私は体の向きを変えて、脚を開いた。そのあと彼はずっと起きていたようだった。

翌朝、私が目覚めたときには、彼はもう既に起きていた。新聞の記事を読みたかったからだろうと思う。

八時ちょっと過ぎに電話のベルが鳴りはじめた。

「うるさい、馬鹿野郎！」と彼が怒鳴るのが聞こえた。

そのあとですぐにまた電話のベルが鳴った。

「シェリフに話したことに付け加えることは何もない」と彼は言った。

がちゃんと彼は受話器を置いた。

「いったい何が持ちあがっているわけ？」と私は訊いた。

そこで彼は教えてくれたのだ。今言ったようなことを。

私は割れた皿をかたづけ、外に出る。彼は芝生の上に寝ころんでいる。その隣にビールの缶と新聞がある。

「ねえ、スチュアート、ドライブに出かけない？」と私は言う。

彼は寝返りを打ち、私の顔を見る。「少しビールを仕入れていかなくちゃな」と彼は言う。そして立ち上がり、すれちがうときに私のお尻を触る。「ちょっと待っててくれよな」と彼は言う。

私たちは何も言わずに町を抜ける。道路沿いのマーケットに車を停めて、彼はビールを買う。入口を入ったすぐのところに新聞が積み上げてあるのが目につく。階段のいちばん上の段では、プリントのドレスを着た太った女が小さな女の子に甘草キャンディーをあげようとしている。すこしあとで我々はエヴァーソン・クリークを渡って、ピクニック場に行く。クリークは橋の下を抜けて、数百ヤード先で大きな池を作っている。そこには男たちの姿が見える。釣り糸を垂れている男たちの姿が見える。

家からすぐのところに、ちゃんとこんな水場があるのだ。

私は尋ねる、「どうしてわざわざ遠くに出かけなくちゃならなかったの？」

「くだらんこと言うなよ」と彼は言う。

私たちは陽のあたったベンチに腰掛ける。彼は二人ぶんの缶ビールの蓋を開ける。彼は言う、「なあ、ちょっとリラックスしなよ、クレア」

「みんなあいつらには罪の意識はなかったって言ったのよ。あいつらは頭がおかしかったんだって」

彼は言う、「誰のことだよ？」と彼は言う、「いったい何の話をしているんだ？」

「マドックス兄弟のことよ。私の故郷の町で、彼らはアーリーン・ハブリィっていう女の子を殺したのよ。その女の子の首を切って、死体をクリー・エルム川に投げこんだの。その事件は私がまだ小さなころに起こったの」

「なんでまたそんな話をしなくちゃいけないんだ？」と彼は言う。

私はクリークを見る。私はその中にいる。目を見開いて、うつ伏せになって、川底の藻を見ているのだ。死んだまま。

「いったいどうしたっていうんだ？」と帰り道に彼は尋ねる。「なんだって俺のことをそんなにいちいちいらいらさせるんだよ？」

彼に対して言えることは何ひとつない。

夫は運転に神経を集中させようとする。でもしょっちゅうバックミラーに目をやる。

彼にはわかっているのだ。


スチュアートはその朝、私をそっと寝かせたままにしておく。彼はそう思っている。でも私は目覚ましのベルが鳴るずっと前から起きていた。私は彼の毛深い脚を避けるようにベッドのいちばん端っこに横になって、考えごとをしていたのだ。

彼はディーンを学校に送りだし、それから髭を剃って、服を着る。そして仕事に出かける。二度ばかり部屋をのぞいて咳払いする。でも私はじっと目を閉じている。

台所で私は彼の置き手紙を見つける。「お早う《ラブ》」そこには書いてある。

私は台所の朝食テーブルに座り、コーヒーを飲み、その置き手紙の上にカップの底の丸いしみをつける。新聞に目をやり、テーブルの上でぱらぱらとページをめくってみる。それから手もとに引き寄せて記事を読む。死体の身元が判明し家族も現れた、とそこにはある。でも遺体は検死を受けた。何かを注入されたり、切開されたり、重量を計られたり、計測されたりした後に、また一つにまとめられ、縫い合わされたのだ。

私は新聞を手に長いあいだそこに腰掛けて、考えごとをする。それから美容院に予約の電話をかける。

私は雑誌を膝の上に載せて、ドライヤーの下に座り、マーニーにマニキュアをしてもらっている。

「明日お葬式に出るの」と私は言う。

「それはどうも」とマーニーは言う。

「殺されたのよ」と私は言う。

「なんてひどいことを」とマーニーは言う。

「とくに親しい相手というのではないんだけれど、それでもね」と私は言う。

「わかりました。ちゃんとセットしておきましょう」とマーニーは言う。

その夜、私はソファーに寝支度を整える。そして朝にはいちばん先に起きる。彼が髭を剃っているあいだにコーヒーを沸かし、朝食を作る。

彼はむきだしの肩にタオルをひっかけた格好で、様子をうかがうように台所の戸口に姿を見せる。

「コーヒーが入ってるわよ」と私は言う。「卵はすぐに作るから」

私はディーンを起こす。そして私たちは三人で朝御飯を食べる。スチュアートが私の方を見るたびに、私はディーンに向かってもっとミルクはいらないかとか、もっとトーストはどうかとか尋ねる。

「あとで電話するよ」と彼はドアを開けながら言う。

「今日は外出してると思う」と私は言う。

「あ、そう」と彼は言う。「うん、わかった」

私は注意深く服を着る。帽子をかぶって、鏡の前に立つ。そしてディーンに置き手紙をする。

「今日はご用があるので出かけてきます。でも遅くならないうちにもどります。おとうさんかおかあさんが帰るまで、家の中にいるか、うら庭で遊んでいるかしておいてください。じゃあね。おかあさんより」

私は「じゃあね《ラブ》」という言葉を眺め、そこにアンダーラインを引く。それから「うら庭《バックヤード》」という言葉に目をやる。バックヤードというのは一語だっけ、それとも二語だっけ？

私は車を運転して農業地帯を抜ける。オート麦の畑を抜け、砂糖大根の畑を抜け、りんご園を通り過ぎ、牧草を食んでいる家畜の群れのわきを通り過ぎる。それから風景ががらりと一変してしまう。農家というよりはほったて小屋みたいな家が目につくようになり、果樹園よりは製材用の樹木が目につくようになってくる。そして山に入る。右手のずっと眼下に、ときどきナッチーズ川の姿が見えるようになる。

緑色のピックアップ・トラックが背後に姿を見せ、そのまま何マイルかあとをついてくる。私はその車が追い越してくれることを期待して何度もスピードを落とす。しかしタイミングが合わない。今度はスピードをあげる。でも、これもうまくいかない。指が痛くなるまで、私はハンドルをぎゅっと握りしめる。

見通しのいいまっすぐな道で、彼は私の車を追い越す。でもしばらくのあいだ、彼は私の車と並走する。青いワークシャツを着て、髪を短くした男だ。我々はお互いの顔を見る。それから彼は手を振り、ホーンを短く鳴らし、先の方に行ってしまう。

私は車のスピードを落とし、適当な場所を探す。そして道端に車を寄せ、エンジンを切る。樹木のずっと下の方から川の水音が聞こえる。やがてピックアップが引き返してくる音が聞こえてくる。

私はドアをロックし、窓を閉める。

「あんた、大丈夫?」と男が尋ねる。彼はガラスをとんとんと叩く。「どうかしたの?」彼は両腕をドアに置いてかがみこみ、窓に顔をつける。

私はじっと彼の顔を見る。それ以外にどうすればいいのか、私にはわからない。

「何かまずいことがあったんじゃないの? どうしてロックして車の中に閉じ籠もってるわけ?」

私は首を振る。

「窓を開けなよ」彼は首を振り、ハイウェイの方に目をやり、それから私の方を振り向く。「さあ、窓を開けなって」

「お願い」と私は言う。「行かせて」

「開けろよ」と彼は言う。まるで私の言ったことなんて聞こえないみたいに。「そんなところにいたら窒息しちゃうぜ」

彼は私の胸を見て、私の脚を見る。そういう視線を私はありありと感じる。「なあ、おねえちゃん、俺はあんたを助けようとしてるんだぜ」と彼は言う。

柩の蓋は閉じられ、その上には切り花が置かれている。私が席につくとすぐにオルガンの演奏が始まる。人々が入ってきて、席に座る。裾のひろがったズボンをはいて黄色い半袖のシャツを着た男の子がいる。ドアが開いて、家族がひとかたまりになって入ってくる。そして壁際にある、カーテンで仕切られた場所に行く。椅子がきいきいという音を立て、全員が自分の席につく。ほどなく感じの良いダークスーツを着た感じの良い金髪の男が立ち上がって、みなさん頭を垂れてくださいと言う。彼は我々生ける者のための祈りの文句を口にする。それが終わると、今度は死せる者への祈りの文句を口にする。

ほかの参列客とともに、私も柩の前を通りすぎる。それから私は正面階段に出て、午後の陽光を浴びる。私の前に階段を下りていく足の不自由な女の人がいる。舗道に出て、彼女はあたりを見回す。「そいつがつかまりましたよ」と彼女は言う。「慰めになるわけでもありませんが、警察が今朝そいつを逮捕しました。ここに来る前にラジオでそう言っていました。犯人はなんとこの町の子供でした」

私たちは暑い舗道を何歩か歩く。人々は車のエンジンをかけている。私は手をのばして、パーキング・メーターにつかまる。ぴかぴかのボンネットとぴかぴかのフェンダー。私の頭はふらふらしている。

私は言う、「彼らには友達がいます。その殺した連中には。何がわかるでしょう」

「私はあの子を小さなころから知ってるんです」とその女は言う。「あの子はよく家に遊びに来ました。クッキーを焼いてやったものです。そしてテレビの前で食べさせてやりました」

家に帰ると、スチュアートはテーブルの前に座っている。前にはウィスキーのグラスが置かれている。一瞬、私は頭が混乱してしまう。ディーンの身に何かが起ったのだろうか？

「何処よ？」と私は言う。「ディーンは何処にいるのよ？」

「外にいるよ」と夫は言う。

彼はグラスの酒を飲み干し、席を立つ。彼は言う、「お前が何を必要としているか俺にはわかってるんだから」

彼は私の腰に腕を回し、もう一方の手で私のジャケットのボタンを外しはじめる。

それからブラウスのボタンにとりかかる。

「やるべきことをまずやらなくちゃな」と彼は言う。

それから何かを口にする。でも私には耳を傾ける必要はない。こんなにたくさんの水が流れているんだもの、何も聞こえはしない。

「たしかにそうね」と私は言う。そして自分の手でブラウスの最後のボタンを外す。

「ディーンの帰ってくる前にね。急いでね」

私の父が死んだ三番めの原因

The Third Thing That Killed My Father Off

私の父を死に追いやった原因について書く。三番めの原因はダミーだ。ダミーが死んだことが、父の命を奪ったのだ。一つめの原因は真珠湾の攻撃だった。二つめの原因は、ウェナッチの近くにある祖父の農場に越したことだった。その農場で父は人生の最後の日々を送った。とはいっても、彼の人生はおそらくその時には既に終わっていたのだけれど。

ダミーが死んだのはダミーの奥さんのせいだと父は思っていた。次に彼はそれを魚のせいにした。そして最後には自分に責任があると考えるようになった。というのは『フィールド・アンド・ストリーム』という釣りと狩猟の専門誌の裏表紙にあった広告をダミーに見せたのは彼だったからだ。その広告には「生きたブラック・バスをアメリカじゅうどこにでも郵送します」とあった。

ダミーが奇妙な振舞いを見せるようになったのは、魚を手に入れたあとのことだった。その魚はダミーという人間をすっかり変えてしまったのだ。父はそう言っていた。

ダミーの本名がなんというのか、私は知らない。知っていた者もいたかもしれないが、私はとにかく一度も耳にしたことがない。そのころもダミー（おし）としてしか知らなかったし、今でもやはりダミーという名前で思い出すことしかできない。彼は皺だらけの小柄な男で、頭は禿げていた。背こそ低かったけれど、手足は見るからにがっしりしていた。彼がにやっと笑うと（それは稀なことではあったが）、唇がめくれあがって、茶色いぼろぼろの歯がのぞいた。それは彼の顔にいかにも狡猾そうな印象を与えていた。誰かが彼に向かって喋りかけているとき、その魚のようにうるんだ目は、いつも相手の唇の上にぴたりと注がれていた。相手が喋っていないときには、彼の視線は相手の体のちょっとへんてこな箇所に移動していった。

彼は本当に耳が聞こえなかったわけではないと私は思う。少なくとも彼が自分でそう見せかけていたほどひどい障害ではなかったと思う。でも喋れなかったということは確かである。それに関しては間違いない。

耳が聞こえなかったにせよ、聞こえたにせよ、彼は一九二〇年代から製材所で下働きのような仕事をしていた。会社はワシントン州ヤキマにあるカスケイド製材である。私が知っているかぎりずっと、ダミーは掃除係として働いていた。そして彼の着ている服はいつもまったく同じだった。つまりフェルトの帽子、カーキのワークシャツ、つなぎの作業着の上にデニムの上着である。上着のポケットに彼はいつもトイレット・ペーパーを何本も入れて持ち歩いていた。便所の掃除をして、トイレット・ペーパーが切れないように補充しておくことが彼の仕事の一つだったからだ。それはなかなか忙しい仕事だった。というのは、夜番の連中は用を足したあとでランチボックスにトイレット・ペーパーを一、二本こそっと隠して持って帰ったからだ。

ダミーの勤務時間は昼間だったが、それでも懐中電灯を持ち歩いていた。他にもレンチやプライヤーやドライバーや絶縁テープといった、工場の機械工が持ち歩いているようなものをひと揃い用意していた。そう、そのことでみんなはダミーをからかった。そんな重装備を身にまとって歩きまわっていることで。カール・ロウ、テッド・スレイド、ジョニー・ウェイトなんかはいちばん熱心にダミーをからかった口だった。でもダミーは気にもしなかった。きっとそんなものには慣れっこになっていたんだろうと思う。

私の父は決してダミーのことをからかったりはしなかった。少なくとも私の知っているかぎりにおいては。父は大柄で、肩のがっしりとした男だった。髪を短く刈り、二重顎で、腹の大きさといったらそれはちょっとしたものだった。ダミーはいつもそのおなかをじっと見ていた。彼は私の父が働いている鋸の目立て部屋にやってきて、椅子に腰掛け、大きな回転砥石を使って仕事をしている父のおなかをよく眺めていたものだった。

ダミーは人並みに家を持っていた。

タール紙張りの家で、町から五、六マイル離れた川辺に建っていた。家の半マイルほど裏手の牧草地の端には、大きな砂利採掘あとの穴があいていた。あたりの道路を舗装した際に、州がその穴を掘ったのだ。ずいぶん大きな穴が三つあとに残され、何年かたつとそこに水が溜まった。その三つの池は、だんだんに繋がってやがて一つになった。

池は深く、どことなく黒々としていた。

ダミーは家だけではなくて、奥さんも持っていた。奥さんは彼よりずっと年下で、メキシコ人たちと遊び歩いているというもっぱらの噂だった。あることないことを言いふらす連中がいるのさ、と父は言った。ロウやらウェイトやらスレイドみたいな奴らだ。

彼女は小さくて肉づきのいい女性だった。小さな目がきらきらと光っていた。最初に彼女に会ったとき、まずその目に注意を引かれた。私はそのとき、ピート・ジェンセンと一緒に自転車に乗っていた。我々は水を一杯所望するためにダミーの家に寄ったのだ。

彼女がドアを開けると、私は自分はデル・フレイザーの息子ですと名乗った。「父は一緒に仕事をしているんです」と言いかけて、私は言葉に窮した。彼のことをなんと呼べばいいのか？「——つまりその、おたくの御主人と一緒にです。それで僕たちは自転車に乗ってきたんですが、水を一杯飲ませてもらえないかと思って」

「ちょっと待ってて」と彼女は言った。

彼女は小さなブリキのカップに水をいれて、それを両手に一つずつ持って戻ってきた。私は自分のぶんを一口で飲んでしまった。

でも彼女はそれ以上水を勧めてはくれなかった。何も言わずにただ、僕らをじっと見ていた。僕らが自転車に乗って出かけようとすると、彼女はポーチの端までやってきた。

「あんたたちが車を持ってたら、一緒にどこかに行けたかもしれないんだけどね」

彼女はにやっと笑った。彼女の歯は口に比べて大きすぎるように見えた。

「さあ、行こうぜ」とピートが言って、僕らは出発した。

僕らが住んでいるあたりでは、バスの釣れる場所はそれほどはなかった。釣れるのはニジマスがほとんどだった。カワマスとイワナが山の上の渓流で少し釣れた。ギンマスはブルー・レイクとリムロック湖で釣れた。だいたいそんなところだ。それから秋の終わりになると鮭やスティールヘッド（海に出るニジマス）が淡水の川を上ってくるくらいだ。でもだからといって、このあたりの釣り人が釣る魚に不足することはない。だから誰もわざわざバスなんか狙わなかった。私の知っている多くの人は、写真でしかバスを見たことがなかった。でも父はアーカンソーとジョージアで育ったので、バスとはおなじみだった。それで彼は、ダミーのバスについてはずいぶん期待していた。なにしろ彼とダミーは友達だったのだから。

魚が届いた日に、私は市営プールに泳ぎに行っていた。家に帰ってからまたすぐ魚を受けとりに出かけたことを覚えている。父がダミーを手伝いに行くと約束していたからだ。なにしろルイジアナ州バトン・ルージュから郵便小包で水槽が三つ着くのだ。我々はダミーのピックアップ・トラックに乗り込んだ。父とダミーと私の三人である。

水槽とはいっても、それは実際には樽だった。それが三つ、松の木舞《こまい》で作られた木枠に収まっていた。鉄道駅の裏手の陰になったところに、それが並べて置いてあった。一つの木枠をトラックの荷台に積み込むのに、父とダミーの二人の男手が必要だった。

ダミーはおそろしく慎重に運転して町を抜けた。町を出たあとでもその慎重さは変わらなかった。彼は自分の庭に着いても車を停めずに、そのまま通り抜けた。そしてまっすぐ池のほとりまで行った。そのころにはもうほとんど日も暮れかけていたので、彼はヘッドライトを点灯して、シートの下からハンマーとかなてこを取り出した。それから二人は木枠を水際まで引きずっていって、最初の一つをばらしはじめた。

中の樽はバーラップ布でくるまれていた。蓋には五セント硬貨くらいの大きさの穴がいくつもあいていた。二人は布をはがした。そしてダミーが懐中電灯で中を照らした。

中にはそれこそもう数え切れないほどのバスの幼魚が泳いでいた。なんともはや不思議な光景だった。そこに本物の生きた魚が入っていて、ちゃんと泳ぎまわっているのだ。まるで、小さな海がそのまま列車で運ばれてきたみたいに。

ダミーは水際まで樽をすべらせ、それを池にあけた。彼は懐中電灯を手に取って、池の中を照らした。でもとくに何も見えなかった。蛙の鳴く声が聞こえた。でも蛙というのは日が暮れれば勝手に鳴き出すものだ。

「次のを俺に開けさせてくれよ」と父は言った。そして手をのばして、ダミーのつなぎ作業着に入ったハンマーを取ろうとした。でもダミーはさっと後ろに下がって、首を振った。

あとの二つの木枠も彼が自分の手でばらした。途中で手を切って、その血が松材の上にぼとぼとこぼれて黒いしみになった。

その夜を境として、ダミーは人が変わったようになった。

ダミーはもう誰もうちのまわりに寄せつけなくなった。彼は牧草地のまわりに塀をめぐらせた。その上に、電気を通した鉄条網で池のまわりを囲った。その囲いを作るために貯金を使い果たしたという世間の噂であった。

もちろんそれ以後、父はダミーと関わりを持とうとはしなかった。ダミーが父を追い払って以来だ。それは魚を釣る釣らないの問題ではなかった。というのは魚はまだほんの幼魚だったから。ダミーは父に魚を見ることすら許さなかったのだ。

それから二年ほど経ったある夜のこと、父は遅くまで仕事をしていて、私は弁当とアイスティーの入ったジャーを届けに行った。父は機械工のシド・グラヴァーと立ち話をしていた。私がそばに寄ると、父がこう言っているのが聞こえた、「あれじゃまるで、あの馬鹿は魚と結婚しちまったみたいじゃないか」

「噂を信じるなら、家のまわりにも塀を作ったほうがよさそうだな」とシドが言った。

父は私の姿を見かけると、シドにもうよせと目くばせした。

でもその一ヵ月後に父が原因となって、ダミーが本当に塀をめぐらせることになってしまった。彼はダミーにこう言ったのだ。そろそろ弱いのを間引いておかないと、他のがうまく育たなくなるぞ、と。ダミーはただそこにつっ立って耳を引っぱり、じっと床を見下ろしていた。父は言った。ああ、俺が明日行ってやってやるよ、だってそいつはやんなくちゃならんことだからな、と。たしかにダミーはそれを承諾したわけではなかった。ただ来るなとは言わなかっただけだ。彼は何も言わずまた耳をぎゅっと引っぱった。

その日、父が帰宅したとき、私はもう支度を整えて待っていた。私は父の古いバス用のプラグを出して、指で三連針のテストをしていた。

「準備はできてるか?」と父は車から飛び出してきて、私に声をかけた。「私は便所に行ってくるから、道具を積み込んでおいてくれ。向こうまで運転したいんならしてもいいぞ」

私は一切合財をバックシートに積み込み、ハンドルを試していた。そうこうするうちに父はフィッシング用の帽子をかぶり、くさび型に切ったケーキを両手で持ってかじりながらやってきた。

母は戸口に立ってそれを見ていた。母は色白な肌をしていた。金髪を頭の後ろでぎゅっと丸くまとめ、ラインストーンのクリップでとめていた。若くて幸福な日々には、母もやはり男と遊んだりしていたのだろうか？　母はいったいどんなことをやっていたのだろう？

私はハンドブレーキをはずした。母は私がギヤを変えるのをじっと見守っていた。それから、相変わらずにこりともせずに、家の中に入っていった。

それは気持ちのいい午後だった。風を入れるために、我々は車のウィンドウを開けっぱなしにしていた。我々はモクシー・ブリッジを渡り、西に折れて、スレーター・ロードに入った。道の両側にはアルファルファの畑があって、その奥の方にはトウモロコシ畑が広がっていた。

父は窓の外に手を出していた。風が父の手を後ろに押しやっていた。父はなんだか落ち着きがないように見えた。

ほどなく我々はダミーの家に到着した。彼は帽子をかぶって家から出てきた。彼の奥さんが窓から外をのぞいていた。

「フライパンの用意したか？」と父がダミーに向けて怒鳴った。でもダミーはそこにつっ立ったままじっと車を見ていた。「おいダミー！」と父は大声で叫んだ。「おいダミー、いったいどうしたんだよ、釣り竿は持ってこなかったのか？」

ダミーは頭を前後に激しく揺すった。片足に体重をかけて、それをもう一方に移しかえた。じっと地面を見ていたが、やがて我々の方に目を向けた。彼の舌は下唇の上に置かれていた。それから足で地面を軽く掘りかえした。

私は魚を入れる魚籠《びく》を背負い、父に彼の竿を手渡し、自分の竿を持った。

「さあ、行こうか？」と父は言った。「さあダミー、行こうか？」

ダミーは帽子を取り、帽子を持った手の手首で頭のてっぺんをぬぐった。それから突然くるっと後ろを向いた。我々はそのあとを追ってふわふわとした牧草地を横切った。二十フィートくらい進むごとに、古いあぜ溝の縁に茂った草の陰からタシギがぱっと飛びたった。

牧草地が終わったところで、地面がなだらかに傾斜していて、乾いた石ころだらけになっていた。イラクサの小さな茂みやヒイラギガシなんかが、ぽつぽつと点在している。我々は右に折れた。古い二本の轍をたどるようにして、腰まで高さのあるトウワタの茂る野原を抜けた。トウワタを払いながら歩くと、茎のいちばん上についた乾いた豆の莢《さや》が腹立たしげにからからと音を立てた。やがてダミーの肩越しにきらきらと輝く水が見えた。父がこう叫ぶのが聞こえた、「わあ、こいつはすげえ！」

でもダミーはそこで歩をゆるめ、手を上にあげては頭の上で帽子を何度も前後に動かしていた。それからぴたっと立ち止まった。

父が言った、「よう、どう思う、ダミー？　とくにここがいいってところはあるのかい？　俺たちどの辺から始めたらいいのかなあ？」

ダミーは下唇を嘗めた。

「おい、いったいどうしたんだよ、ダミー？」と父は言った。「こいつはお前さんの池だろう、ちがうのかい？」

ダミーはうつむいて、作業着についていた蟻をつまみあげた。

「変なやつだな」と父は言って、溜め息をついた。そして時計を引っぱり出した。「お前さんさえよかったら、そろそろ取り掛からないか？　暗くなる前に」

ダミーは両手をポケットに突っ込んで、池の方を振り向いた。そしてまた歩き始めた。我々はあとをついていった。池の全貌が目に入ってきた。水面に盛り上がるように姿を見せる魚のせいで、池にはさざなみが立っていた。バスはときおり勢いよく水面から飛び上がり、ばしゃっと音を立てて落下した。

「たまげたな」と父が言うのが聞こえた。

我々は池のほとりの開けた場所に出た。砂利が浜のようになったところだ。父は私に合図をして、そこにしゃがみこんだ。私もしゃがみこんだ。父は目の前の水面をじっと凝視していた。そちらに目をやると、彼が何に見とれていたのかが私にもわかった。

「こいつはすごい」と父は囁くように言った。

二十四か三十四のバスの群れが泳いでいた。二ポンド以下のものは一匹もいなかった。魚たちは向きを変えて遠ざかり、それからくるりと回ってこちらに戻ってきた。群れは密に詰まっていて、魚たちはからだをお互いにぶっつけあっているみたいだった。前を通りすぎるとき、魚たちはその重たげな瞼でじっと我々のことを見ていた。さっとすばやく向こうに行き、それからまた戻ってきた。

魚たちは実に無頓着だった。我々がしゃがもうが、立ち上がろうが、彼らはそんなことぜんぜん気にもしていないようだった。我々のことなんてなんとも思っていないのだ。それは本当に息を呑むような眺めだった。

我々はまだしばらくそこに座って、バスの群れがゆうゆうと回遊しているのを眺めていた。ダミーはそのあいだずっと自分の指を引っぱりながら、誰かと待ち合わせでもしているみたいにまわりを見回していた。池のいたるところでバスが浮上して鼻先で水を切り、あるいはぴょんと宙にはねて、下に落ちた。あるいは水面に出てきて、背びれを突き出して泳いだ。

父が目くばせした。我々は釣り糸を投げるべく立ち上がった。私は興奮で体を震わせていた。自分の釣り竿についたコルクのハンドルからプラグを外すことさえおぼつかなかった。釣り針を取り出そうとしているときに、ダミーの大きな指が後ろから私の肩をぎゅっとつかんだ。私は振り返った。ダミーはそれにこたえるように、顎で父の方を示した。彼の言わんとすることは明確だった。釣るのは一人だけ、そういうことだ。

父は帽子を脱ぎ、またかぶりなおし、私の方にやってきた。

「さあ、お前がやれよ、ジャック」と父は言った。「かまうことないぞ。さあ、やれって」

私は竿を振る前にダミーの方を見た。彼の顔は硬くこわばっていた。顎にはよだれの細い筋がついていた。

「魚が食いついたら、思い切り引くんだぞ」と父は言った。「こいつら、ドアノブみたいな頑丈な口してるからな」

私はリールのドラッグ・レバーを外して、腕を後ろに引いた。そしてたっぷり四十フィート飛ばした。糸のたるみを直す暇もなく、池の水面がごぼごぼと沸いた。

「かかったぞ！」と父が怒鳴った。「いいぞ！　見事にかかったぞ！」

私は思い切り二度引いた。よし、ちゃんとかかっている。竿はぎゅっと弓なりにしない、前後に激しく揺れた。父はああやれこうやれと大声で指図を送っていた。

「のばせ、のばせ、のばすんだ！　もっと糸を緩めるんだよ。よし、今だ、巻け！　やめろ、泳がせろ！　うわあああ、お前、あれ見たか！」

そのバスは池の水面をぐるぐると踊るように回った。水面に姿を現すたびに、プラグのかたかたという音が聞こえるくらい激しく、それは頭を振った。それからまた姿を消した。でも私は徐々に相手を消耗させ、近くに引き寄せていった。実に巨大なバスだった。六ポンドから七ポンドはありそうだ。魚は脇腹を見せ、ぴしっと体をしならせ、口を開け、えらを動かしていた。膝ががくがくして、うまく立っていられないくらいだった。でも私は竿をなんとか上にかざして、糸をいっぱいに張りつづけた。

父は靴をはいたまま水の中にじゃぶじゃぶと入っていった。しかし彼が魚のところに近づいていくと、ダミーがもごもごと何か言いはじめた。彼は頭を振り、両腕をばたばた動かした。

「なんだ、いったいどうしたんだ、ダミー？　うちの坊主が超特大のバスを釣り上げたんだぞ。こいつをまた水に返すなんて、そんな馬鹿な話があるか」

でもダミーはやめなかった。彼は池の方を懸命に手で示しつづけた。

「俺は坊主の釣り上げた魚を返させたりはさせん。わかったか、ダミー。俺は断じてそんなことはさせんから、諦めろ」

ダミーは私の釣り糸を手でつかもうとした。そうこうするうちにバスの方はまた力を盛り返し、身を翻して泳ぎはじめていた。私は叫び声を上げた。そして頭に血がのぼってしまった。私はリールのブレーキを下ろして、糸を巻きはじめた。バスは最後の、死にものぐるいの逃走を始めた。

それですべては終わった。糸が切れて、私はあやうく後ろにどすんと引っくり返ってしまうところだった。

「行こうぜ、ジャック」と父は言って、自分の竿をつかんだ。「ちくしょうめ、なんてこった。こいつをぶん殴っちまう前に、こんなところさっさと引き上げよう」

その二月に川が氾濫した。

十二月の初めの何週間か、けっこう雪が降った。そしてクリスマスの前に凍てつくような厳しい冬がやってきた。地面はかちかちに凍りついた。雪はそのまま地面に残っていた。でも一月も終わりになると、暖かい南西風《チヌーク・ウインド》が吹きはじめた。ある朝目を覚ますと、家ががたがたと振動し、屋根から水がしたたるぽたぽたという規則的な音が聞こえた。

その風は丸五日間吹きつづけた。そして三日めには川の水位が上がりはじめた。

「十五フィートまで水位が上がったぞ」とある晩、父は新聞を眺めながら言った。「ということは、洪水水位を三フィートも越えちまったってことだ。ダミーのやつ、これで恋人たちを失うことになるな」

私はモクシー・ブリッジに行って、川の様子を一目見てみたかった。でも父はそれを許してくれなかった。洪水の見物なんかしたってしょうがないぞ、と父は言った。

二日後に川はその最高水位に達した。そしてそのあと、水は引きはじめた。

一週間後、オリン・マーシャルとダニー・オーエンズと私は、三人で自転車に乗ってダミーのところに行ってみた。我々は自転車を下りて、ダミーの家の敷地と接している牧草地を歩いて横切った。

べっとりと湿気のある、風の強い日だった。暗い雲がところどころでちぎれながら、速い速度で空を流されていた。地面はぐしょぐしょに濡れていて、ぎっしりと茂った草の下には、いたるところにぬかるみが待ち構えていた。ダニーは悪態のつきかたを覚えはじめたところで、そんなぬかるみに足を突っ込むたびに、目いっぱい悪態をわめきちらした。牧草地のはしっこに、ぷっくりと肥えて膨らんだような川の姿が見えた。水位はまだ高く、水はその水路からあふれて樹木の幹のまわりを浸し、土地の縁をかじりとっていた。川の中央部にかけては水の流れは強く、速かった。ときおり、灌木やら枝を上に突き出した樹木やらが流されていくのが見えた。

ダミーの金網のところに行くと、一匹の雌牛が針金に絡められていた。牛の体はむくんで膨らみ、その皮膚はてかてかと光って灰色になっていた。それは私が目にした最初のかさのある死体だった。オリンが棒を手にとって、それで牛の目をつついたことを覚えている。

我々は金網に沿って、川の方に歩いていった。我々は金網には近寄らないようにしていた。金網にまだ電流が通っているかもしれないと思ったからだった。でも金網の姿はある地点でふっと消えてしまっていた。そしてその先は深い水路と化してしまっているようだった。地面がぽっかりと水の中に落ち込んでいた。そして金網も地面と一緒に消滅してしまっていたのである。

我々はそこを越えて、その新しい水路に沿って進んだ。水路はダミーの敷地を二つに切り裂きながら、池に向かってまっすぐに伸びていた。そしてその池に縦に流れ込み、反対側からまた流れ出していた。その流れはくねくねと身をよじりつつ、ずっと先の方で、またもとの川と合流していた。

ダミーの魚のほとんどが川に流されてしまったことは確実だった。そしてまだ残っているものも、こうなっては出るも入るも自由の身であった。

それから私はそこにダミーの姿を認めた。彼の姿にはぞっとさせられるものがあった。私は他の連中に合図した。そして我々はみんなで身をひそめた。

ダミーは池の反対側の、水が勢いよく流れ出しているあたりにじっと立っていた。彼は何もせずにただじっとそこに立っていた。そんな哀しげな人間の姿を目にしたのは初めてだった。

「でも考えてみたら、ダミーのやつも可哀そうだよなあ」何週間かあとの夕食の席で、父がそう言った。「何といっても、自分で招いた結果さ、ありゃ。でもやっぱり同情しちまうよな」

父はそれから、ジョージ・レイコックがダミーの女房をスポーツマンズ・クラブで見かけたという話をした。彼女は大柄のメキシコ人と一緒にいたということだった。

「でも話はそれだけじゃないんだ——」

母がきつい目で父を見上げた。それから私の方を見た。でも私は何も聞こえなかったような顔をして、食事を続けた。

父は言った、「そんな顔せんでもいいさ、ビー。この子だってもうそれくらいのことはわかってるんだ」

ダミーはすっかり人が変わってしまったのだ。彼は必要がなければ、もう誰のそばにも寄らなかった。カール・ロウがダミーの帽子をはじき落として、ツー・バイ・フォーの木材を手に追いかけられて以来、みんなも彼のことをからかったりしなくなった。何よりまずいのは、ダミーが今では週に平均して一日か二日、仕事を無断欠勤することだった。あのぶんじゃ、そろそろ首を切られるぞ、とみんなは話し合っていた。

「あの男はもう駄目だよ」と父は言った。「あのままじゃ、頭が完全にいかれちまうぞ、あれは」

私の誕生日の直前の日曜日の午後に、私と父はガレージの掃除をしていた。そよ風の吹く暖かい日だった。空中にほこりが舞っているのが目で見えた。母が裏口のドアのところにやってきて言った、「デル、あなたに電話よ。たぶんヴァーンからだと思う」

私は父のあとをついていって、手を洗った。父は話を終えると、受話器を置いて、私と母の方を向いた。

「ダミーのやつ、ハンマーで女房を叩き殺して、自分は身投げしたそうだ」と父は言った。「ヴァーンもその話をたった今、町で聞いてきたばかりなんだ」

我々がそこに着いてみると、あたりはもう車でいっぱいだった。牧草地の入口の扉は開きっぱなしになっていた。タイヤのあとがいくつも池の方まで続いているのが見えた。

スクリーンドアは箱で押さえられて、少し開いていた。スラックスとスポーツ・シャツに肩吊り式のホルスターをつけたあばた面の痩せた男が、一人でそこに立っていた。彼は父と私が車を下りるのをじっと見ていた。

「あの男の友人だったんです」と父が言った。

男は首を振った。「誰であろうがなかろうが、用事がなければここをうろうろしてほしくないね」

「死体は見つかったんですか？」

「池をすくってるところだよ」と男は言った。そして銃が体に合うように調整した。

「あっちまで歩いていってかまわんですか？　やつとはけっこう親しかったんです」

男は言った、「まあ、行きたいんなら行ってみりゃいい。でも向こうで追い払われても、俺に文句を言わんでくれよな」

我々は牧草地を歩いて横切った。かつてそこで魚を釣ろうとした日に歩いたのとだいたい同じ道筋を歩いた。池の上を二隻のモーターボートが走っていた。薄汚いふわふわした排気ガスが空中にぽっかりと浮かんでいた。増水した川が地面を切り裂き、樹木や岩を運び去った部分を目で見ることができた。それぞれのモーターボートには制服を着た連中が乗っていた。彼らは池の上を行ったり来たりしていた。一人が舵を取り、もう一人がロープや鉤《かぎ》を操っていた。

砂利の岸辺では救急車が一台、待機していた。そこは我々がダミーのバスを狙って竿を振った場所だった。白衣姿の男が二人、背中をもたせかけて煙草を吸っていた。

一隻のモーターボートがエンジンを停めた。我々はみんなそちらに目をやった。後ろにいた男が立ち上がって、ロープをたぐりよせはじめた。ほどなく水の中から片手が現れた。見たところ、鉤がダミーの横腹を引っかけたみたいだった。腕は一度水の中に沈んでから、わけのわからない何かの塊のようなものと一緒にまた水面に姿を見せた。

これは彼じゃない、と私は思った。それはもう何年もそこに眠っていた別の何かなのだと。

ボートの前の方にいた男が後ろにやってきた。そして二人でそのぼとぼと水を垂らしているものを舷側から甲板の上に引っぱり上げた。

私は父を見た。彼の顔は妙な表情に固定されていた。

「女だ」と父は言った。「間違った女と一緒になったら、結局はこういう具合になっちまうんだよ、ジャック」

でも父が本気でそう信じていたとは、私には思えない。私は思うのだけれど、彼としては誰を責めるべきなのか、何と言えばいいのか、わからなかったのだ。

それを境に、父の人生もつきに見放されていった。ダミーと同じように、父も前とは違う人間になってしまった。一度水面に浮きあがって、また水の中に潜ってしまったあの腕は、幸せな生活に別れを告げ、悪運を招じいれる挨拶のようなものだったのだ。なぜなら、ダミーが暗い水の中に身投げをしたそのときから、良いことなんて何一つ起こらなくなってしまったからだ。

友達が死ぬとそんな風になってしまうのか？　あとに残った友人に、死者は悪運を残していくのだろうか？

でも最初にも言ったように、それとは別に、真珠湾も、故郷の地に戻らなくてはならなかったことも、やはり父にはこたえたことだったのだ。

深刻な話

A Serious Talk

ヴェラの車はそこにあった。他に車はない。バートは少しほっとした。彼は引き込み道に入り、昨夜自分が落としたパイのすぐ脇に車を停めた。パイはそのままの格好でそこに落ちていた。アルミニウムの台がさかさに引っくり返っていた。カボチャのフィリングが光輪のように舗装の上にぺしゃっと広がっていた。クリスマスの翌日のことだった。

バートはクリスマスに妻と子供たちに会いにやってきた。ヴェラはその前に彼に注意を与えておいた。彼女は彼に向かって率直に言った。こう言ったのだ。実はあなたには六時前に引き上げてもらいたい。というのは、私の男性のお友達が子供たちと一緒に夕御飯食べに来ることになっているから。

彼らは居間に座り、神妙な顔つきでバートが持ってきたプレゼントの包みを開けた。ほかのプレゼントはいかにもクリスマスらしい包装紙にくるまれて、ツリーの下に積み重ねられていた。それらは六時を過ぎてから開けられることになっている。彼のプレゼントだけが開けられた。

彼は子供たちが贈りものの包みを開くのを見ていた。そしてヴェラが彼女あてのプレゼントのリボンをほどくのを待っていた。彼は彼女が紙をするりと剝いで、ふたを持ちあげ、カシミアのセーターを取り出すのを見ていた。

「素敵だわ」と彼女は言った。「どうも有り難う、バート」

「着てみれば」と娘が言った。

「そうだよ、着てみてよ」と息子が言った。

彼は息子の顔を見た。そんな風に自分をもりたててくれたことに感謝して。

彼女はセーターを身につけた。ヴェラはベッドルームに行って、そのセーターを着て現れた。

「素敵だわ」と彼女は言った。

「よく似合ってるよ」とバートは言った。そして胸の中に何かしら熱いものがこみあげてくるのを感じた。

彼は自分あてのプレゼントを開けた。ヴェラがくれたものはソンドハイム紳士用品店のギフト商品券だった。娘がくれたものはお揃いの櫛とブラシのセットだった。息子のはボールペンだった。

ヴェラがソーダを持ってきた。そしてみんなでちょっと話をした。でも彼らはだいたいツリーに目をやっていた。やがて娘が席をたって、食卓の用意を始めた。息子は自分の部屋に引き上げてしまった。

でもバートは自分の席が気に入っていた。グラスを手に暖炉のすぐ前に座っているのが気持ちよかった。自分の家、自分の家庭。

それからヴェラが台所に行ってしまった。

ちょくちょくと娘が何かを食堂に運んでいって、テーブルの上に並べた。バートは娘を見ていた。娘は折り畳んだナプキンをワイン・グラスに差し込んでいた。細い花瓶をテーブルの真ん中に置いた。それから一本の花を、このうえなく注意深くその中に差した。

蠟とおがくずを固めた小さな材木のかたちをした燃料が暖炉の火格子の上で燃えていた。炉床の前にはあと五個の燃料が入った段ボール箱が置いてあった。彼はソファーをたって、その全部を暖炉にくべた。そしてそれらが火に包まれるまでじっと見守っていた。それからソーダを飲み干し、中庭のドアの方に行った。その途中で、彼はサイドボードの上にパイが一列に並べられているのを目にした。彼はそのパイを両腕にひとかさねにして抱えた。全部で六個。妻が自分を裏切った回数にすれば、十回につき一個という割合だ。

まっ暗な車寄せの道で、ドアを閉めようとしているときに、パイを一つ下に落としてしまった。

玄関のドアは、彼がある夜に鍵穴の中で鍵を折ってしまって以来、開かずの扉となっていた。だから裏に回った。中庭のドアには花輪が飾ってあった。彼はガラス窓をこんこんと叩いた。ヴェラは部屋着を着ていた。相手が誰だかわかると、彼女は嫌な顔をした。そしてドアを小さく開けた。

バートは言った、「昨夜のことを謝りたかったんだ。君に対しても、子供たちに対してもさ」

ヴェラは言った、「子供たちは今はここにいないわ」

彼女は戸口に立っていた。彼は中庭の鉢植えの観葉植物の隣に立っていた。彼は袖口についた何かの糸屑を引っぱった。

彼女は言った、「私はもうこれ以上あなたにはつきあえない。あなたは家を焼いてしまおうとしたのよ」

「そんなことしてない」

「したわよ。みんな見てたんだから」

彼は言った、「中に入ってそのことについて話したいんだけど」

彼女は部屋着の前を首までぎゅっと合わせた。そして後ろに下がった。

彼女は言った、「あと一時間ほどで私、出かけなくちゃならないのよ」

彼はあたりを見回した。ツリーがちかちかと光を点滅させていた。ソファーの端っこには、色のついたティッシュ・ペーパーときらきらと輝く箱とが積み重ねてあった。食堂のテーブルの真ん中には、七面鳥の残骸の載った皿が置いてあった。そのかちかちになった死骸は、みっともない巣みたいに見えるパセリの飾りの中にどんと腰を据えていた。暖炉の中には、灰がたっぷりと円錐状に積もっていた。シャスタ・コーラの空き缶もいくつか見えた。煉瓦壁には、たちのぼった煙のあとが上の横木のところまでずっとついていた。煉瓦の上にわたされた横木は、まっ黒に焦げていた。

彼は暖炉に背を向けて、台所に行った。

彼は訊いた、「君の友達は昨夜何時に帰ったんだ？」

彼女は言った、「そういう話をまた始めるつもりなら、すぐにここを出ていってちょうだい」

彼は椅子を引いて、キッチン・テーブルの大きな灰皿の前に腰を下ろした。彼は目を閉じ、目を開いた。そしてカーテンを引いて、裏庭を眺めた。前輪のなくなった自転車が引っくり返しになって置いてあった。杉材の塀にそって雑草が伸びていた。

彼女はソースパンに水を入れた。「あなた感謝祭のことを覚えてる?」と彼女は言った。「あのとき、私言ったわよねえ。もうこれから先、私たちの休暇をだいなしにするのはやめてほしいって。夜の十時に七面鳥のかわりにベーコン・エッグを食べるのなんかもうごめんだわって」

「わかってるよ」と彼は言った。「それについては謝ったじゃないか」

「謝って済むってことじゃないのよ」

パイロット・ライトがまた消えた。彼女は鍋の火をつけようとして、レンジのところにかがみこんだ。

「間違えて火傷なんかするんじゃないぜ」と彼は言った。「服に火がついたりしないように気をつけてな」

彼はヴェラの部屋着に火がついたところを想像してみた。俺はすぐに飛んでいって、彼女を床に押し倒し、ごろごろと居間まで転がそう。そして自分の身で彼女の体を覆うのだ。それともベッドルームに飛んでいって毛布を取ってくるべきなのかな。

「なあヴェラ?」

彼女は彼を見た。

「何か飲むものないかなあ。今朝はなんだかちょっと飲みたくてさ」

「冷凍庫にウォッカが入ってるわよ」

「おい、いったいいつから冷凍庫にウォッカなんて入れておくようになったんだよ?」

「あなたの知ったことじゃないでしょう」

「わかった、わかった」と彼は言った。「もう質問しない」

彼はウォッカを取り出し、カウンターの上にあったカップにそれを注いだ。

彼女は言った、「あなたそんな風に飲むの? カップからそのまま飲むわけ?」彼女は言った、「そういうのよしたら、バート。いったい私に何の話があるわけよ? 出かけなくちゃならないって言ったでしょう。一時からフルートのレッスンがあるんだから」

「まだフルート習ってんのかい?」

「今そう言ったでしょう。話があるのなら、さっさと話して。そしたら私、出かける支度するから」

「だから悪かったって言いたかったのさ」

彼女は言った、「それはもうさっき聞いたわよ」

彼は言った、「ジュースないかな。あったらウォッカを割りたいんだけど」

彼女は冷蔵庫を開けて、中をごそごそと探していた。

「クラナップル・ジュースだったらあるけど」

「上等だよ」と彼は言った。

「バスルームに入るから」と彼女は言った。

彼はクラナップル・ジュースで割ったウォッカをカップから飲んだ。煙草に火をつけ、いつもキッチン・テーブルの上に置いてある大きな灰皿にマッチを放り入れた。彼はその中にある吸殻を点検した。そのうちのいくつかはヴェラのいつも吸っている銘柄だったが、そうではないものも混じっていた。ラヴェンダー色の吸殻まであった。彼は席をたって、流しの下に吸殻を全部捨てた。

その灰皿はもともとは灰皿ではなかった。普通の大ぶりな陶器の皿だった。二人はサンタ・クララのショッピング・モールで、顎髭をのばした陶工からその皿を買った。彼はそれを洗って拭いた。そしてテーブルの上に戻した。それから煙草の火をそこにこすりつけて消した。

鍋の湯が音を立てて沸騰しはじめるのと同時に電話のベルが鳴った。

ヴェラがバスルームのドアを開けて、居間の向こうから大声で怒鳴った。「電話に出てよ。今ちょうどシャワーに入るところなんだから」

台所の電話はカウンターの角のロースト皿の後ろにあった。彼はロースト皿をどかして受話器を取った。

「チャーリーはいますか？」と相手が言った。

「いない」とバートは言った。

「それはどうも」と相手は言った。

彼がコーヒーを作ろうとしていると、電話がまた鳴った。

「チャーリー？」

「いない」とバートは言った。

今回は彼は受話器をもとに戻さずに、はずしっぱなしにしておいた。

ヴェラがジーンズにセーターという格好で、ブラシで髪をとかしながら台所に戻ってきた。

彼はお湯を注いだ二つのカップの中にインスタント・コーヒーを一匙ずつ入れ、自分の方にはウォツカを加えた。そしてそれをテーブルに持っていった。

彼女は受話器を取って、耳を澄ませた。「何だったの？　誰が電話かけてきたのかしら？」

「誰でもないよ」と彼は言った。「色つきの煙草は誰が吸うんだい？」

「私が吸うのよ」

「それは知らなかったね」

「でも吸うのよ」

彼女はテーブルの向かいの席に座って、コーヒーを飲んだ。二人は煙草に火をつけ、灰皿を使った。

彼はいくつかのことを口にしたかった。哀しみを伝え、相手を慰めたいと思った。そういう心持ちを伝えたかったのだ。

「私、このごろじゃ一日に三箱煙草吸うのよ」とヴェラは言った。「とにかく、そういう風になっちゃってるわけよ」

「そいつはひどい」とバートは言った。

ヴェラは肯いた。

「でもそういうことを聞くためにここに来たわけじゃないんだ」と彼は言った。「じゃあ、どんな話を聞きに来たわけ？　家が焼けましたっていうような話が聞きたかったの？」

「なあヴェラ、クリスマスなんだぞ」と彼は言った。「だから来たんだよ」

「クリスマスは昨日よ」と彼女は言った。「クリスマスはやって来て、もう行ってしまったのよ」と彼女は言った。「クリスマスなんかもう二度と見たくない」

「お互いさまさ」と彼は言った。「俺がクリスマスやら正月やらを指折り数えて待ってるように見えるか？」

また電話が鳴った。バートが受話器を取った。

「チャーリーはいないかっていう電話なんだけどね」と彼は言った。

「誰ですって？」

「チャーリーだよ」とバートは言った。

ヴェラが受話器を取った。彼女は話しているあいだずっと彼に背中を向けていた。それから彼の方を向いて言った、「私、この電話をベッドルームで取るから、私が向こうで電話を取ったらこっちを切ってくれる？　切ったかどうかちゃんとわかるんだから、言われたとおりにしてよね」

彼は受話器を手に取った。彼女は台所を出ていった。彼は受話器を耳に押しあてて、じっと耳を澄ませた。何も聞こえなかった。でもやがて男が咳払いする音が聞こえた。それからヴェラが別の電話を取った。彼女は大声で言った、「オーケー、いいわよバート、電話取ったから。わかった？」

彼は受話器を置いた。そしてそこに立ったまま、じっと電話を見ていた。彼はナイフやフォークを入れる引き出しを開けて、中身をごそごそと探った。それから別の引き出しを開けた。流しの中を見た。食堂に行って、切り分け用の大型ナイフを持ってきた。そして湯を出し、ナイフに注いだ。そこについた油が溶けて流れてしまうまで、ずっと。それから服の袖でナイフを拭いた。彼は電話のところに行き、コードを二つ折りにし、ごしごしとそれを切ってしまった。手間はかからなかった。彼はコードの断面を確認し、それから電話機をカウンターの角のロースト皿の後ろに押しやった。

彼女がやってきた。彼女は言った、「電話が切れちゃったわ。あなた電話に何か変なことしなかった？」彼女はカウンターの上の電話機に目をやり、それを手に取った。「なんてことするのよ！」と彼女は叫んだ。「出ていってよ、さっさと出ていって！」

と彼女は言った。彼女は電話機を手に持って、彼に向かって振り回した。「もうたくさんよ。私は裁判所の接見禁止命令を取るわよ。絶対に取りますからね！」

彼女が電話機をカウンターにどすんと置くと、それはちゃりんという音を立てた。

「今すぐここから出ていかなかったら、お隣に行って電話借りて警察呼ぶわよ」

彼は灰皿を手に取った。彼はその端っこをつかんでいた。彼は円盤投げの選手みたいな格好でそこに立っていた。

「よしてよ」と彼女は言った。「それは私たちの灰皿なんですからね」

彼は中庭のドアから外に出た。彼には確信があるわけではなかったが、でも自分が何かを証明したような気がしていた。何かをはっきりさせることができたような気分だった。問題は、彼らがそろそろ深刻な話をしなくてはならないところまで来ているということだった。話し合いを必要としていることがあった。論議を詰めなくてはならない大事なことがいくつかあった。俺たちはあらためて話し合いをすることになるだろう。クリスマスの休暇が終わって、いろんな物事が正常に復したころに。俺は彼女にこう言うだろう、その灰皿は灰皿なんかじゃなくて普通の皿なんだぞと。まあたとえばそういうようなことを。

彼は車寄せの道に落ちているパイを踏まないように気をつけて車に戻った。車のエンジンを回し、ギヤをバックに入れた。灰皿を下に置かないうちは、それは簡単な作業ではなかった。

静けさ

The Calm

私は散髪をしていた。私は椅子に座り、もう一方の壁には三人の男が並んで座っていた。待っている客の二人までは、私の見たことのない男だった。一人には見覚えがあったが、何処で会ったのか思い出せなかった。床屋が髪を刈っているあいだ、私はその男のことを何度もちらちらと見ていた。男は楊枝を口にくわえて、くちゃくちゃとやっていた。髪は短くてウェーブがかかり、体つきはがっしりとしていた。やがて、彼が制服制帽という格好で銀行のロビーに立ち、小さな目で怠りなくあたりに注意を払っている姿が、私の頭に浮かんだ。

あとの二人のうち、一人はけっこうな年配だった。ちぢれた灰色の髪がふさふさとはえていた。彼は煙草を吸っていた。三人めは、それほどの歳ではなかったが、頭のてっぺんがほとんど禿げかけていた。でも頭の両脇の髪は耳にかかるほど長く伸びていた。彼は木樵《きこり》のブーツをはき、ズボンは機械油でてかてかと光っていた。

床屋はその手を私の頭の上に置いて、見やすいように向きを変えた。それから守衛に向かって言った、「鹿はもう仕留めたかね、チャールズ?」

私はこの床屋が好きだ。私たちはまだ互いを名前で呼ぶほど長くつきあってはいない。でも私の顔は覚えている。私が以前よく釣りをやっていたことを彼は知っている。それで、我々はよく釣りの話をした。彼が狩猟をしたとは思わない。でも彼はどんなことについても話をすることができた。そういう点では、良き床屋であったわけだ。

「なあビル、こいつがアホな話なんだよ。まったくとんでもねえやな」と守衛が言った。彼は楊枝を取って、それを灰皿の中に置いた。そして首を振った。「俺は仕留めたとも言えるし、仕留めてないとも言える。だから、あんたの質問に対する答えはイエスでありノオなんだよ」

私はその男の声の感じが気に入らなかった。それは守衛にはふさわしくない声だった。全然見かけに似合わない声なのだ。

他の二人が顔を上げた。年配の男は煙草を吹かしながら、雑誌のページを繰っていた。もう一人は新聞を広げていた。二人はそれぞれの読んでいたものを下におろして、話を聞こうと、守衛の方を見た。

「その話を是非聞かせてほしいな、チャールズ」と床屋は言った。

床屋はまた私の頭の向きを変えた。そしてちょきちょきと鋏を使い始めた。

「俺たちはフィクル尾根の上まで登ってったんだ。親父と俺と坊主とでさ。俺たちあそこの涸れ谷で狩りをしてた。親父が谷の一方を押さえて、俺と息子がもう一方を押さえていた。息子は二日酔いだった。まったくしようがない餓鬼さ。まっ青な顔して、一日じゅうがぶがぶ水飲んでやがった。自分の分だけじゃ足りずに、俺のまで飲んでしまいやがった。もう午後で、俺たちは日の出からずっと狩りを続けていた。でも見込みはあると踏んでた。下の方にいるハンターが、鹿どもを俺たちの方に追い上げてくれるだろうと予想してたんだ。それで俺たちは丸太の後ろに身をひそめて、ずうっと谷を見張ってた。すると谷の下のほうで銃声が聞こえた」

「あそこには果樹園があるな」と新聞を読んでいた男が言った。彼はすごくそわそわしていた。何度も足を組みかえて、しばらくブーツをゆさゆさと揺すり、それからまた足を組みかえた。「鹿どもはあの果樹園をうろついとるんだ」

「そのとおり」と守衛は言った。「あいつら夜になるとあそこに入って、青い小さなりんごを食べるんだ。それでだな、俺たちは銃声を聞いて、手ぐすね引いてじっと待っていた。すると百フィートも離れてない先の下生えの茂みから、でかい年くった雄鹿がぴょんと飛び出してきやがった。俺がそれを見るのと同時に、もちろん息子もそれを見た。それで泡くってばんばん撃ちはじめた。あほたれめが。その大鹿としちゃ、そんなもの屁のかっぱさ。何せ一発だって当たりゃしねえやな。でも奴は、どっちの方向から撃たれているのかつかめてなかった。どっちに跳んで逃げたらいいのか、わかってないんだ。そこで俺は一発ぶっぱなしたね。でも、何しろそんなどたばただったもんで、俺は奴をかますことしかできなかった」

「かました？」と床屋が言った。

「ああそうさ、かましたんだ」と守衛は言った。「つまり腸《はらわた》に一発ぶちこんだんだ。それで奴はがくんときた。がっくりと首を落として、ぶるぶる震えはじめたのさ。体じゅうがぶるぶると震えてた。息子はまだ撃ちつづけてた。俺はなんだかもう、朝鮮の戦線に戻ったみたいな気分さ。俺はもう一発撃った。でも外しちまった。それで大鹿はもとの茂みに戻っちまった。でもな、鹿にはもう力は残っちゃいない。息子は洗いざらい弾丸をがんがん撃ちまくったが、まるっきりの外れさ。でも俺のはきっちり当たった。奴の内臓に一発しっかりねじこんだんだ。かましたってのはそういう意味さ」

「それでどうなったね？」と新聞を読んでいた男が言った。彼は新聞を丸めて、それで膝をぽんぽんと叩いていた。「その後はどうなったんだね？　あんたその鹿を追っかけたんだろう。あいつらときたら、わかりにくいところを死に場所に選ぶからなあ」

「でもあんた、その鹿のあとを追った？」と年配の男が訊いた。でもそれは質問のようには聞こえなかった。

「もちろんさ。俺と坊主と二人であとを追ったさ。でも息子はからきし役には立たねえ。尾根のところで気分悪くなっちまって、それで時間をくっちまった。あのドジ野郎が」そのときのことを思うと、守衛は笑わずにはいられないようだった。「ビール飲んで、一晩、女のケツを追っかけまわして、俺だってもう鹿狩りくらいできるだなんてぬかしやがる。まああれでちっとは思い知ったこったろうよ。でもとにかく、俺たちはあとを追っかけた。跡はちゃんと残ってた。血が地面にも木の葉にも点々とついていた。もうそこらじゅう、どこもかしこも血だらけだ。あんないっぱい血を流す鹿は初めて見たね。まったくよく逃げられたもんだよ、あんなに長くな」

「そんな具合に延々逃げちまうことがあるんだわ」と新聞の男が言った。「そいでまた、わかりにくい場所を選んで死ぬんだよな、あいつら」

「俺は仕留めそこねたことで息子をこっぴどく叱りつけてやった。口答えしやがったから、一発ぶん殴ってやった。ここんとこをさ」守衛は頭の横を指さしてにやっと笑った。「横っ面をはたいてやった。ためを思ってやったんだ。まだ餓鬼だ。それくらいやんなくちゃわかんねえ。それで要するにだな、追っかけてるうちに日が暮れちまったんだ。息子が引っくり返ってげえげえ吐いてるうちにだよ」

「じゃあ今ごろコヨーテの餌食だな、その鹿は」と新聞の男が言った。「コヨーテと烏とコンドル」

彼は丸めた新聞をまたのばして、ちゃんとまっすぐにした。そしてそれを脇に置いた。また足を組み、まわりの人々の顔を見回して、頭を振った。

年配の男は椅子に座ったまま体の向きを変えて、窓の外を見ていた。彼は煙草に火をつけた。

「ああ、そんなところだろうな」と守衛は言った。「残念なことをした。やたらでかくて年をくってる奴だった。だからあんたの質問に答えるとだな、ビル、俺は鹿を仕留めたとも言えるし、仕留めてないとも言えるんだ。でもいずれにせよ、俺たちは鹿肉を持って帰ったよ。というのは、俺の親父がその間に小振りの若鹿を仕留めてたんだ。そしてもうキャンプに持って帰ってた。吊るして、ものの見事に腸抜いちまってた。肝臓、心臓、腎臓と、みんなワックス・ペーパーにくるんで、クーラーの中に収まってた。若鹿だ。ほんの小さな奴。でも爺さん、満足してたね」

守衛はまるで回想するかのように床屋の中をぐるりと見渡した。それから彼は楊枝を手に取り、またくわえなおした。

年配の男は煙草の火を消して、守衛の方を向いた。彼は息をふうっと吸って、それからこう言った、「あんたな、今こんなところで散髪しとるくらいなら、山に行ってその鹿を探してきたらどうだね」

「おい、なんだ、その言い草は」と守衛は言った。「爺さんどっかで見た顔だな」

「わしもあんたのことは知っとるよ」と老人は言った。

「なあ、あんたがたもうやめてくれ。ここは私の店なんだからな」と床屋は言った。

「あんたこそ横っ面を一発はたかれた方がいいみたいだぞ」と老人は言った。

「おお、面白れえや、やってみろって」と守衛は言った。

「もうよすんだ、チャールズ」と床屋が言った。

床屋は櫛と鋏をカウンターに置き、両手を私の肩の上に置いた。まるで散髪の途中で私が椅子から飛び出して喧嘩に加わるんじゃないかと心配しているみたいに。「アルバート、私はずっとチャールズの髪を刈ってるし、その息子の髪も刈ってるんだ。もう何年もだ。もうその話はやめてくれんかな」

床屋は私の肩に手を置いたまま、一人から一人へと目をやった。

「外に出てやれや」と新聞の男が言った。何かを待ち望んでいるみたいに、顔を紅潮させていた。

「もうたくさんだ」と床屋は言った。「チャールズ、もうこの話はやめだ。あんたが次の番だよ、アルバート。そして」と床屋は新聞の男の方を向いて言った。「あんた誰か知らんが余計なことにはくちばしを突っ込まんでくださいよね」

守衛が立ち上がった。「俺はまた出直してくる。顔ぶれがどうも気に入らん」

守衛は外に出て、ドアをばたんと閉めた。

老人は座って煙草を吸っていた。彼は窓の外に目をやった。そして自分の手の甲の上の何かをじっと見ていた。それから立ち上がって帽子をかぶった。

「悪かったな、ビル」と老人は言った。「あと二、三日はまだもつだろう」

「いいんだよ、アルバート」と床屋は言った。

老人が出ていくと、床屋は窓際に行って後ろ姿を見送った。

「アルバートは肺気腫で、もう長くないんです」床屋は窓のところからそう言った。「昔よく一緒に釣りに行ったもんです。鮭釣りのことは隅から隅まで教えてくれました。女のこともね。昔はあの人に女が群がっていたもんですよ。最近はめっきり気が短くなってしまった。でも今の場合は、正直言って、怒る気持ちもわかる」

新聞の男はじっとおとなしく座っていられないようだった。彼は立ち上がってうろうろと歩きまわった。そして歩を止めてはありとあらゆるものをじろじろ眺めた。帽子掛けやら、ビルと友人たちが写った写真とか、毎月違う風景が出ている金物店のカレンダーとかを。彼はカレンダーを一ページ、一ページ、全部めくってみた。額に入って壁に掛けられたビルの理髪師免許証の前に立って、事細かにそれを調べまでした。それから彼は後ろを向いて「俺も出直してくるわ」と言った。そしてそのまま出ていってしまった。

「さて、あんたはどうします？　このまま最後まで散髪しますかね？」と床屋が私に言った。まるで私がすべての原因であるみたいに。

床屋は私の顔をくるっと回して、まっすぐ鏡に向けた。そして私の頭の両脇に手をあてた。ぴたっと顔の位置をきめて、私の顔の隣に自分の顔を置いた。

我々は二人で鏡を見た。彼の手はまだ私の頭を固定するように押さえていた。

私は私の顔を見ていた。床屋も私の顔を見ていた。でもそこに何かを見てとったとしても、それを口には出さなかった。

彼は私の髪を指で梳《す》いた。ゆっくりと、まるで何か考え事をしているみたいに。ずっと彼は私の髪を指で梳いていた。恋人がやるように、そっとやさしく。

オレゴンとの州境近くのカリフォルニア州クレッセント・シティーでの出来事だ。それからほどなくして、私はその町を離れた。でも今日、私はクレッセント・シティーのことを思い出していた。私が女房と二人で新しい生活を始めたころのことを。そしてその朝、床屋の椅子の上で、町を出ていこうと決心したことを。私は今日、思い出していた。目を閉じて、床屋に指で髪を梳かれていたときに、私が感じた静けさのことを。指先の心地よさを。そのときには既に伸び始めていた髪の毛のことを。

ある日常的力学

Popular Mechanics

その日は早々と天候が一変し、雪は溶けて泥水と化した。裏庭に面した、肩の高さほどの小さな窓をそんな雪溶け水が幾筋もつたって落ちた。外の道路を車が次から次へと泥をはねかえして走っていった。窓の外では夕闇が暗くたれこめようとしていたが、家の内部もまたその暗さを増しつつあった。

彼が寝室でスーツケースに衣類を押しこんでいるときに、女が戸口にやってきた。

あんたが出ていってくれればすっとするわよ。本当にせいせいする！　と彼女は言った。聞こえた？

彼はスーツケースに荷物を詰めつづけた。

畜生！　あんたなんかいなくなって、まったくせいせいするわよ。彼女は泣き始めた。ねえあんた、私の顔をちゃんと見ることもできないの？

それから彼女はベッドの上に置いてある赤ん坊の写真に目をとめ、それを拾いあげた。

彼は女を見た。女は涙を拭って、彼をじっと見た。それからくるっと向こうを向いて、居間の方に戻って行ってしまった。

おい、それを返せよ、と男は言った。

荷物まとめて、とっとと出ていきなさいよ、と彼女は言った。

彼は返事をしなかった。彼はスーツケースのふたを閉め、コートを着て、寝室を一度ぐるっと見渡してから電灯を消した。それから部屋を出て居間に行った。

彼女は赤ん坊を抱いて、狭いキッチンの戸口に立っていた。

赤ん坊を寄越せ、と彼は言った。

あんた頭おかしいんじゃないの？

おかしくなんかない。赤ん坊が欲しいだけだ。赤ん坊のものはあとで誰かに取りにこさせる。

この子には指一本触れさせないからね、と彼女は言った。

赤ん坊は泣き出していた。彼女は赤ん坊の頭のまわりに巻いた毛布をどかせた。

よしよし、と彼女は赤ん坊の顔を見ながら言った。

彼は女の方に近づいた。

よしてよね！　と彼女は言った。彼女は一歩キッチンの中に退いた。

赤ん坊を寄越せよ。

出ていってったら！

彼女は後ろを向いて、調理レンジの後ろの隅で赤ん坊を隠すように抱きかかえた。

でも彼はそこまでやってきた。彼はレンジ越しに両手をのばし、赤ん坊をぎゅっと摑んだ。

放せよ、と彼は言った。

出てってよ、出てってよ！　と彼女は叫んだ。

赤ん坊は顔をまっ赤にして泣き叫んでいた。揉み合っているうちに、二人はレンジの後ろに吊るされた植木鉢にぶつかった。植木鉢は下に落ちた。

彼はそれから女を壁に押しつけ、その手を放させようとした。彼は赤ん坊を摑んだまま力まかせに押した。

さあ、赤ん坊から手を放せったら、と彼は言った。

やめてよ、と彼女は言った。赤ん坊が痛がってるじゃない、と彼女は言った。

痛がってなんかないさ、と彼は言った。

キッチンの窓からはもう日は射さなかった。そのうす暗がりの中で、固く握りしめられた女の指を彼は片手でこじ開け、もう片方の手で泣きわめく子供のわきの下のあたりを摑んでいた。

自分の指がむりやり開かれていくのを彼女は感じた。赤ん坊が連れていかれるんだ、と思った。

やめて！　両手が外されてしまったとき、彼女はそう叫んだ。

この子は放すもんか、と彼女は思った。赤ん坊の一方の手を摑んだ。そして赤ん坊の手首を握って引っ張るように身を反らせた。

でも彼は赤ん坊を放そうとはしなかった。自分の手から赤ん坊がするりと抜け出ていくのを感じて、男は力まかせに引っ張りかえした。

かくのごとく、事態の決着がついた。

何もかもが彼にくっついていた

Everything Stuck To Him

彼女はクリスマスにミラノにいて、自分が小さかったころの話を聞きたがっている。教えてよ、と彼女は言う。私が子供のころってどんな風だったの？　彼女はストレガをすすり、彼の顔をまじまじと見つめ、そして待つ。

彼女はクールで、スリムで、魅力的な娘である。よく五体無事に育ったものだ。ずいぶん昔の話だな。二十年も前だよ、と彼は言う。

でも思い出せるでしょう、と彼女は言う。ねえ、話してよ。

どんなことが聞きたいんだい？　と彼は言う。ほかにどんなことを話せばいいのかな。君が赤ん坊のころの話でよけりゃ一つ覚えているよ。君も一役かんではいるんだ、と彼は言う。もっともたいした役じゃないけれどね。

話して、と彼女は言う。でもその前にお酒を二人ぶん作ってきてよ。話の途中で席を立たなくてもすむようにね。

彼はキッチンに行って酒を作った。そしてグラスを手に部屋に戻り、椅子に腰を下ろして話しはじめる。

　彼ら自身まだ子供みたいなものだった。そして目くるめくような恋をしていた。結婚したとき少年は十八、少女は十七だった。二人のあいだにはほどなく娘が生まれた。子供が生まれたのは冷え込みのつづいた十一月の末で、それはちょうど水鳥のシーズンのまっさかりにあたった。そう、少年は猟が大好きだったんだ。これも話のポイントなんだけどね。

　少年と少女、夫と妻にして父親と母親は、歯科医の診療所の階下にある小さなアパートに住んでいた。二人はただでそこに住まわせてもらい、電気やガスを使わせてもらうかわりに、階上の診療室を毎晩掃除することになっていた。夏には芝生と花の手入れもするという約束だ。冬には少年は雪かきをして通りみちに凍結どめの岩塩をまいた。だいたいのところはわかったかな？　想像できる？

　わかるわよ、と彼女は言う。

　よろしい、と彼は言う。あとになって歯医者は自分の名入り便箋を二人が勝手に使っていることに気づくんだが、それはまた別の話だな。

　彼は椅子から立ち上がり、窓の外に目をやる。屋根瓦の上に雪がしんしんと降りつづいている。

お話ししてよ、と彼女は言う。

若い二人はとても愛し合っていた。それに加えて二人は野心に満ちていた。二人はいつも、これから自分たちがやろうとすることや、行こうとする場所について語り合った。

さて、少年と少女とは寝室で寝ていた。赤ん坊は居間だ。赤ん坊は生まれて三ヵ月ばかり、やっと夜中に眠るようになったばかりだ。

ある土曜の夜、階上の片づけが終わったあと、少年は歯医者のオフィスで一服して、父親の古い猟友達に電話をかけた。

やあ、カール、と彼は電話の相手に言った。嘘みたいな話だけど、僕はもう父親なんだぜ。

そりゃおめでとう、とカールは言った。奥さんは元気かね？

元気だよ、カール。みんな元気さ。

そいつはけっこうだ、とカールは言った。実にけっこうな話だ。でも猟のことで電話してきたんだとしたら、良い話を聞かせよう。鴨の群れがわんさかいてさ、ここまで多いのも前代未聞だ。今日は五羽撃ち落としたぞ。朝にはまた出かけるけど、よかったら来ないか？

いいねえ、と少年は言った。

少年は電話を切ると階下に行って、猟に行く話をした。彼女は彼が装備をひとそろい並べているのをじっと見ていた。ハンティング・コート、薬きょう入れ、ブーツ、靴下、ハンティング・キャップ、長い下着、ポンプ式ライフル銃。

何時に帰ってくるの？　と少女は訊ねた。

たぶんお昼前後だな、と少年は言う。でも六時くらいになるかもな。それじゃ遅すぎるかい？

かまわないわよ、と彼女は言った。赤ん坊と私のことなら大丈夫だから、楽しんでらっしゃいよ。帰ってきたら赤ん坊に服を着せて、みんなでサリーのところに行きましょうよ。

それはいいね、と少年は言った。

サリーというのは少女の妹で、すごく綺麗だった。お前、サリー叔母さんを写真で見たことはあったかな？　少年はサリーのこともちょっと好きだった。ちょうどベッツィーのこともちょっと好きだったみたいにね。ベッツィーというのは少女のもう一人の妹なんだ。もし君と一緒になっていなかったら、僕はサリーにプロポーズしてたかもね、と少年はよく言ったものだった。

ベッツィーの方はどうなの？　と少女はそのたびに言った。くやしいけれど、ベッツィーは私やサリーなんかより美人だわね。ベッツィーはどうなの？

ベッツィーでもいいな、と少年は言ったものだ。

夕食のあとで彼は暖房を強くし、妻が赤ん坊を風呂に入れるのを手伝った。赤ん坊の顔つきの半分が自分に、半分が少女に似ているのを見て、あらためて不思議な気持ちになった。彼はその小さな体にパウダーをかけた。手の指のあいだや足の指のあいだにもパウダーをかけた。

風呂桶の湯を流しにあけてから、空もようを見に地上に出た。外は冷え冷えとして曇っていた。まばらに生えている草は、街灯の下で灰色にこわばり、まるでキャンバス地のように見える。

歩道のわきに雪がいくつもの山に積み上げられていた。車が一台通りすぎていった。タイヤが砂を噛む音が聞こえた。明日はどんなふうだろうな、と少年は想像をめぐらした。鴨が頭上で羽ばたき、散弾銃の反動が肩を打つ。

やがて彼はドアの鍵を閉め、階下に戻った。

ベッドに入って二人は本を読もうとしたが、結局二人とも眠り込んでしまった。眠ったのは彼女の方が先だった。雑誌は掛け布団の上に落ちていた。

赤ん坊の泣き声で彼は目をさました。

隣の部屋の電灯がついていた。ベビー・ベッドの横に少女は立って、赤ん坊を腕に抱いてあやしていた。それから赤ん坊をもとに戻し、電灯を消し、ベッドに帰ってきた。

赤ん坊が泣き出すのが聞こえた。こんどは少女は動かなかった。赤ん坊は断続的に泣きつづけ、そのうちに泣きやんだ。少年は聴き耳を立てていたが、やがてうつらうつらと眠り込んだ。しかし赤ん坊の声でまた目がさめた。居間の灯があかあかとともっていた。彼も体を起こし、枕もとのライトをつけた。

いったいどうしたのかしら、と少女は言った。彼女は赤ん坊をかかえて、行ったり来たりしていた。おしめも替えたし、おっぱいも飲ませたし、それでも泣きやまないの。もうくたくたで、今にも床に落っことしてしまいそう。

少し横になった方がいい、と少年は言った。そのあいだ僕があやしているから。

彼はベッドを出て赤ん坊を受けとり、少女はベッドに戻って横になった。

少しのあいだあやしててね、と少女がベッドルームから声をかけた。たぶんそれで眠っちゃうと思うから。

少年はソファーに座り、赤ん坊を抱いた。赤ん坊が目を閉じるまで膝の上で小刻みに揺すった。彼自身の目もそれにあわせて閉じてしまった。彼はそっと立ち上がり、赤ん坊をベビー・ベッドに戻した。

四時十五分前だった。まだ四十五分眠れる。彼はベッドにもぐりこんで眠りに落ちた。しかし数分後に赤ん坊は泣きはじめた。今回は二人とも起きた。

少年はひどいことをした。悪態をついたのだ。

ねえ、いったいどうしてそんなこと言うのよ、と少女は少年に向かって言った。この子は具合が悪いのかもしれないのよ。お風呂に入れちゃいけなかったんじゃないかしら?

少年は赤ん坊を手にとった。赤ん坊は足をばたばたさせてにっこり笑った。

見てみなよ、と少年は言った。ちっとも具合悪そうになんて見えないじゃないか。

どうしてそんなことわかるのよ、と少女は言った。さあ、こちらに貸してよ。何か飲ませなきゃいけないってことはわかるんだけど、何を飲ませればいいのかがわからないのよ。

少女は赤ん坊を再び下におろした。少年と少女はじっと赤ん坊を見ていた。赤ん坊は泣きだした。

少女は赤ん坊を抱きあげた。よしよし、と少女は目に涙をためて言った。

たぶん胃がもたれてるんだよ、と少年は言った。

少女は答えなかった。彼女は少年にはとりあわずに赤ん坊をあやしつづけた。

少年は待った。彼はキッチンに行って、コーヒーを作る湯を沸かした。パンツとTシャツの上にウールの下着を引っぱり上げ、ボタンをとめ、それから服を着た。

何をしてるの？　と少女が言った。

猟に行くのさ、と少年は言った。

そんなのだめよ、と少女は言った。こんなときにこの子と二人っきりで置いていかないで。

カールは僕のことも予定に入れてるんだ、と少年は言った。二人でプランを立てたんだよ。

カールとあなたがどんなプランを立てたかなんて私の知ったことじゃないわ、と少女は言った。それにカールがどうだっていうのよ。私はカールなんて人知りもしないのよ。

カールには会ってるじゃないか。知ってるはずだよ、と少年は言った。どうして知らないなんて言うんだい。

そういう問題じゃないってくらいわかるでしょ、と少女は言った。

じゃ、どういう問題なんだよ、と少年は言った。問題は僕とカールとで計画を立てたってことさ。

少女は言った、私はあなたの奥さんで、この子はあなたの子供なのよ。この子はどこか具合が悪いのよ。よく見てちょうだい。具合悪くなきゃどうしてこんなに泣くのよ?

君が僕の女房だってことくらいわかってるさ、と少年は言った。

少女は泣きはじめた。彼女は赤ん坊をベビー・ベッドに戻した。しかし赤ん坊はまた泣きだした。少女はナイトガウンの袖で涙を拭い、赤ん坊を抱き上げた。

少年はブーツの紐を結んだ。シャツを着て、セーターを着て、コートを着た。レンジの上でやかんがひゅうひゅうと音を立てた。

どちらかきちんと選んでちょうだいね、と少女は言った。私たちをとるかカールをとるか。これ本気よ。

なんだって、と少年は言った。

いま言ったとおりよ、と少女は言った。もし家庭が欲しいのなら、あなたははっきり選ばなくちゃいけないのよ。

二人はじっとにらみあった。それから少年は猟の装備を手に取り、家を出ていった。彼は車のエンジンを入れた。ウィンドウをひと通り見てまわり、張りついた氷をひとつひとつ丹念にこそげ落とした。

彼はエンジンを切り、しばらくシートに座っていた。それから車を降り、家の中に戻った。

居間の明かりはついていた。少女はベッドで眠っていた。赤ん坊は彼女の横で眠っていた。

少年はブーツを脱いだ。他の装備も全部片づけた。そして防寒下着と靴下だけという格好でソファーに座り、日曜版を読んだ。

少女と赤ん坊はぐっすり眠っていた。少しあとで、少年はキッチンに行って、ベーコンを焼きはじめた。

ローブをはおった少女がやってきて、両腕を少年の体にまわした。

やあ、と少年は言った。

ごめんなさい、と少女は言った。

いいさ、と少年は言った。

あんな風にきつく言うつもりはなかったの。

僕も悪かった、と少年は言った。

座っててよ、と少女は言った。ベーコンと一緒にワッフルはどう？

いいねえ、と少年は言った。

彼女はベーコンをフライパンから取り出し、ワッフルのたねを作った。彼はテーブルの前に腰を下ろし、彼女がキッチンを動きまわるのを眺めていた。

彼の前にベーコンつきワッフルの皿が置かれた。彼はバターを塗り、シロップをかけた。しかしナイフを入れようとしたときに、膝の上に皿を引っくり返してしまった。

畜生、参ったな、と彼は食卓からとびのいて言った。

ひどい格好ねえ、と少女は言った。

少年は自分の格好を見下ろした。何もかもがべっとりと下着の上にくっついていた。

腹ペコだったのにさ、と少年は頭を振りながら言った。

腹ペコだったのにね、と彼女は声をあげて笑った。

彼はウールの下着をむしりとると、バスルームのドアに投げつけた。それから彼は両手を広げた。少女はその中にとびこんだ。

もう喧嘩はなしね、と彼女は言った。

もうしないよ、と少年は言った。

彼は立ち上がり、それぞれのグラスに酒のおかわりをする。

ということさ、と彼は言う。これで話はおしまい。といっても話というほどのものでもないんだけどね。

面白い話だったわ、と彼女は言う。

彼は肩をすくめ、酒のグラスを持って窓際に行く。外はもう暗かったが、雪は相変わらず降りつづいている。

物事は変わるんだ、と彼は言う。どうしてそうなるのかはわからないけれど、とにかく気がついたときには変わってしまっている。意志とは無関係にね。

ええ、そのとおりね。でも——と言いかけて彼女は口をつぐむ。

彼女はもうその話題にはふれないようにする。窓ガラスに彼女の姿が映っている。

彼女は爪を眺めている。それからふと顔を上げる。そして明るい声で言う、ねえ、市内見物につれていってくれるって話はどうなったの？

彼は言う、ブーツをはきなさい。外に出よう。

しかし彼は窓のそばを離れない。回想はつづいている。二人は声をあげて笑ったのだ。二人は抱き合って涙が出るまで笑った。何もかもが彼らの外側にあった。寒さも、彼がいずれ足を踏み入れる場所も、二人の外側にあった。何はともあれしばらくのあいだは。

愛について語るときに我々の語ること

What We Talk About When We Talk About Love

友人のメル・マギニスが話をしていた。メル・マギニスは心臓の専門医で、そのせいで往々にして彼が座の中心役をつとめることになった。

僕ら四人は彼の家の台所でテーブルを囲んでジンを飲んでいた。流しの後ろの大きな窓から太陽が部屋いっぱいにその光を送り込んでいた。メルと僕とメルの二人めの細君であるテレサ（テリと僕らは呼んでいた）と僕の女房のローラの四人だった。僕らはそのころアルバカーキに住んでいたのだが、四人ともみんなよその土地から来た人間だった。

テーブルの上にはアイス・ペールが置いてあった。ジンとトニック・ウォーターがテーブルの上をあちこち行き来していたが、そのうちにどういうわけか僕らは愛について語り始めた。メルは真の愛とはすなわち精神的な愛にほかならないと考えていた。僕は五年間、神学校に入っていたんだ、と彼は言った。医学校に行くために辞めちゃったけど、今思い返してみると、それはやはり僕の人生にとっていちばん大きな意味をもった時期だったね。

私がメルと一緒になる前に暮らしていた男は愛するあまり私を殺そうとしたのよ、とテリは言った。「ある夜、彼は私をさんざん殴りつけたの」とテリは言った。「そして私の足首をつかんで居間じゅう引きずり回したの。彼はこう言い続けてたわ、『愛してるよ、愛してるよ、こん畜生』って。足首つかんで、部屋の中を引っぱり回したのよ。頭ががんがんいろんなものにぶつかったわ」テリは一同を見回した。「そういう愛って、いったいどうすりゃいいんでしょうね？」

彼女は身体に肉がほとんどついておらず、美人だった。黒い瞳、茶色の髪が背中にまで伸びている。そしてターコイズのネックレスと長いペンダント・イヤリングを好んだ。

「おいおい、よしてくれよ、そんなのが愛と呼べないくらい君だってわかるだろう？」とメルが言った。「それをなんて呼べばいいのか僕にはわからんけど、少なくとも愛と呼ぶことはできない」

「好きに呼べばいいわよ。でも私にはわかるのよ。それは愛だったんだって」とテリは言った。「あなたはクレイジーに思えるかもしれないけれど、でもそれは間違いなく愛だったの。人はそれぞれ違うのよ、メル。そりゃときどきあの人無茶苦茶なことしたかもしれない。それは認める。でも彼は私のことを愛してた。あの人なりのやりかたであったにせよ、私を愛してたの。そこにはまさしく愛があったのよ。ねえ、メル、そのことは否定しないでよね」

メルはふうっと息を吐いた。そしてグラスを上げ、ローラと僕の方を見た。「その男は僕を殺すって脅したんだぜ」とメルは言った。彼は酒をぐっと飲み干し、ジンの瓶に手を伸ばした。「テリはロマンティックすぎるんだ。テリは『愛しているんなら蹴飛ばして』主義者だから。なあテリ、そんな顔するなよ」メルはテーブル越しに手を伸ばし、指でテリの頬に触れた。そして彼女に向かって笑い顔を見せた。

「仲直りしようっていうの？」とテリは言った。

「仲直りってほどのことでもなかろうよ」とメルは言った。「別に喧嘩したわけでもないもの。僕は思ったとおりを言ったまでだ。ただそれだけのことさ」

「何でまたこんな話を始めちゃったのかしら」とテリは言った。彼女はグラスを取って飲んだ。「メルの話はいつも愛のことになっちゃうの」と彼女は言った。「そうでしょう、ハニー？」彼女はにっこりと微笑む。これでこの話も終わりだなと僕は思った。

「僕はエドのとった行為を愛とは呼ばない。僕が言わんとしているのはそういうことさ、ハニー」とメルは言った。「君たちはどう思う？」とメルは僕とローラに向かって言った。「君たち、そういうのが愛だと思う？」

「そんなこと訊かれても困るな」と僕は言った。「だってその相手の男に会ったこともないんだよ。名前だって何かの拍子にちょっと耳にはさんだぐらいだよ。何とも言いようがないじゃないか。細かい事情もいろいろあるんだろうしさ。ただ君が言わんとするのはつまり、愛というのは絶対的なものだということなんだろう」

「僕の話している愛というのはそうだ」とメルは言った。「僕の話している愛というのは、人を殺そうとしたりはしないものなのさ」

　ローラが言った、「私そのエドっていう人のことを全然知らないし、どういう状況だったかも知らない。でもいずれにせよ、そういうことって本当のところは当人にしかわからないんじゃないかしら」

　僕はローラの手の甲をさわった。彼女は僕に短い微笑みを返した。僕はローラの手を持ち上げた。それは温かい手だった。爪は綺麗に磨かれ、完璧なマニキュアが施されている。僕は指で彼女の太い腕首をつかんだ。そして彼女を抱いた。

「私が家を出たとき、彼は殺鼠剤を飲んだの」とテリは言った。彼女は両手でぎゅっと強く両腕をつかんだ。「それでサンタフェの病院に担ぎこまれた。私たちそのときサンタフェに住んでいたのよ。サンタフェの町から十マイルくらい離れた郊外に。彼、命はとりとめたの。でもそのせいで歯茎がぼろぼろになってしまったの。つまり歯の間から歯茎がごそっとそげ落ちたわけ。それでまるで牙みたいになっちゃったのよ。本当にひどい」とテリは言った。彼女はちょっと間を置き、それから手を腕からはなしてグラスを取った。

「人間って考えられないことをやるのねえ！」とローラは言った。

「彼はもう何もできないさ」とメルは言った。「もう死んじゃったから」

メルは僕にライムを盛った皿を回した。僕はライムの一片を取って、グラスにしぼった。そして指で氷をかき回した。

「それがそのあともっとひどいことになったのよ」とテリは言った。「彼は口の中に一発撃ちこんだんだけど、それもしくじったわけ。可哀そうなエド」と彼女は言った。そして頭を振った。

「何が可哀そうなもんか」とメルは言った。「あいつは危険な男だったんだ」

メルは四十五だ。背が高く、手足がひょろっとして、やわらかな髪はカールしている。顔と腕はテニスのせいでよく日焼けしている。素面《しらふ》のときには彼の仕草、身振りは正確で無駄がなく、非常に注意深かった。

「でもあの人は私のことを確かに愛していたのよ、メル。それくらいは言ったっていいでしょう」とテリは言った。「私が求めてるのはそれだけよ。彼はあなたが私を愛してくれているようには愛してはくれなかった。それを否定しているわけじゃないわよ。でも彼は彼なりに私を愛してはいたのよ。それくらいは認めてもいいんじゃないかしら？」

「その、しくじったってどういうことなの？」と僕は訊いた。

ローラはグラスを手に前かがみになった。彼女はテーブルに両肘をつき、両手でグラスを持っていた。そして視線をメルからテリの方にちらっと向けて、返事を待った。彼女の裏のない顔には戸惑いの色が浮かんでいた。自分が親しく友達づきあいをしている人たちの身にそんな事件が起こったということに、びっくりしているようだった。

「どうして自殺するのにしくじったわけ？」と僕は訊いた。

「どういうことかというとだね」とメルが言った。「彼はテリと僕を脅すために買った22口径の拳銃を手に取ったってわけさ。嘘じゃないぜ。あいつはずっと僕らを脅してたんだ。そのころの僕らの暮らしぶりを君たちに見せたかったね。僕らはまるで逃亡者だった。この僕だって銃を買ったんだぜ。信じられるかい？　この僕がだぜ？　でもとにかく買ったのさ。護身用にね。そして車のグラヴ・コンパートメントに入れておいた。真夜中に病院から呼び出しがかかることもあった。そのころ僕とテリとはまだ結婚していなかった。そして僕は家も子供たちも犬も、とにかく何もかも別れたワイフに取られてしまっていた。僕とテリとはそのアパートで一緒に暮らしていた。今言ったように、ときどき真夜中に電話がかかってきて病院に出向いた。夜の二時とか三時とかにさ。駐車場はまっ暗でね、自分の車にたどり着くだけで冷や汗ものだった。植え込みやら車やらの物陰からあいつが出てきて、ピストルをぶっぱなしたらどうしようって、本当にびくついたよ。だってあの男は頭がいかれてたんだ。あいつは爆弾だって仕掛けかねなかった。朝から晩まであいつは僕の留守番サービスに電話をかけてきた。そしてドクターに用事があるって言うんだ。僕が電話をかけかえすと『この野郎、お前の命はもらったぞ』とかその手のことを言うんだよ。あれは実に恐ろしかったな」

「でもやっぱり、あの人も可哀そうだったと思う」とテリが言った。

「なんだか悪夢のようね」とローラが言った。「それで、彼はピストル自殺しようとしてどうなったの？」

ローラは弁護士の秘書だった。僕は仕事上の関わりで彼女と知り合った。そしていつの間にか深い仲になっていた。彼女は三十五で、僕より三つ年下である。そして僕らは恋をしているというだけではなく、お互いに人間的好意を抱き、共同生活者としてうまくやっている。彼女といると僕は楽な気持ちになれる。

「いったい何があったの？」とローラが訊いた。

メルが言った、「あいつはホテルの部屋で、ピストルの銃口を口に突っこんで引き金を引いた。だれかが銃声を聞いてマネージャーを呼んだ。彼らは合鍵でドアを開け、中の様子を見て救急車を呼んだ。彼が担ぎこまれたとき、僕はたまたま病院にいた。生きてはいたが、手の施しようのない状態だった。三日後に死んだ。頭は普通の二倍の大きさに膨れあがっていた。あんなの見たのは初めてだったし、もう二度と見たくはないね。それを知ったとき、テリは病院に来てそばに付いていてやりたいと言った。そのことで僕らは言い争いをした。そんな状況で彼に会うべきじゃないと僕は言ったよ。会うべきじゃないと思ったし、今でもそう思っている」

「言い争いはどちらが勝ったのかしら？」とローラが言った。

「彼が死んだとき、私はそばにいたわ」とテリが言った。「意識は一度も戻らなかったけれど、それでもそばに付いていてあげたの。他に見てあげる人もいなかったんですもの」

「あいつは危険な男だった」とメルは言った。「君があれを愛と呼ぶなら、僕は降参するしかない」

「愛だったのよ」とテリは言った。「それは世間一般の目から見れば確かにアブノーマルかもしれない。でも彼はそのために進んで死のうとした。そして実際に死んだのよ」

「それが愛だなんて僕には全然思えないね」とメルが言った。「だってさ、彼が本当に何のために死んだかなんて誰にわかる？　僕はこれまで自殺をいっぱい見てきたが、彼らがいったい何のために死んだかなんて、誰にもわからないと思うぜ」

彼は両手を首の後ろにあてて、椅子を後ろに傾けた。「そういうタイプの愛には興味がもてない」とメルは言った。「もしそれが愛だとしたら、僕は降参だな」

テリは言った、「私たち怖かったわ。メルは遺言状を書いて、カリフォルニアにいるグリーン・ベレー上がりの弟宛に送りまでしたのよ。もし自分の身に何かが起こったら誰のせいなのか知らせておいたの」

テリは自分の酒を飲んだ。「でもメルの言うとおりよ。私たちはまるで逃亡者みたいな生活してたの。私たち怖かったわ。というかメルは怖がっていた。そうよね、ハニー？　あるときには私、警察まで呼んだのよ。あまり役には立たなかったけれどね。

警察はこう言ったわ。エドが実際に何かするまでは、自分たちには手が出せないんだってね。お笑いだわよね」

彼女は瓶の中に残っていたジンをグラスにあけ、瓶を振った。メルは席を立って棚から新しい瓶を出した。


「ニックと私は愛というのがどういうものだか知ってるわ」とローラが言った。「つまり、私たちにとってどういうものかということだけど」そして僕の膝に膝をぶっつけた。「あなた、なんとか言いなさいよ」とローラは言って、僕に向かってにっこりと微笑みかけた。

答えのかわりに僕は彼女の手を取ってうやうやしく僕の唇にあて、すごく大袈裟にキスした。みんな笑った。

「僕らはラッキーだった」と僕は言った。

「あなたたちもうよしてよ」とテリが言った。「見てるとうんざりしちゃう。要するにあなたたちまだ新婚さんの、あつあつなのよ。やれやれ、まったく。まだのぼせっきりなのよ、なんてったって。でもまあそのうちにわかるわ。一緒になって何年になるの？　一年？　もっと長い？」

「一年半」とローラは言って、頬を染め、微笑んだ。

「なるほどね」とテリは言った。「そのうちにわかるわよ」

彼女はグラスを手にじっとローラの顔を見ていた。

「冗談よ」とテリは言った。

メルは瓶の口を開け、それを持ってテーブルをぐるりと回った。

「さあ、みんなで乾杯しようぜ」と彼は言った。「乾杯の音頭を取らせてくれ。愛のために乾杯だ。真実の愛のために」とメルは言った。

僕らはグラスを合わせた。

「愛のために」と僕らは言った。


裏庭で犬が一匹吠え始めた。窓にかぶさるように茂ったポプラの葉が、ガラスに当たってかさこそと音をたてた。午後の太陽は部屋に腰を据え、その心地よい光を鷹揚にたっぷりと振る舞っていた。我々はどこでも好きなところにいることができた。どこかうっとりするところに。我々はまたグラスを上げ、笑みを浮かべてお互いの顔を見やった。何か禁じられたことをやろうと決めた子供たちのように。

「本当の愛がどういうものか教えよう」とメルが言った。「というかその好例を示そた。そしてそこに氷と切ったライムを入れた。僕らは彼が話し始めるのを待ちながら、それぞれに酒を飲んだ。ローラの膝がまた僕の膝に触れた。僕は彼女の温かい腿に手を置いた。

「我々は愛についていったい何を知っているだろうか?」とメルは言った。「僕らはみんな愛の初心者みたいに見える。僕らはだれそれと愛し合っていると言う。そして愛し合っている。それを疑っているわけじゃない。僕はテリを愛しているし、テリは僕を愛している。そして君たち二人も愛し合っている。僕が言っている愛がどういうものかわかるね。肉体的な愛、人を誰か特別な相手に向かわせる衝動。それから相手の存在に対する愛、それが男であれ女であれ、その本質に対する愛ということだね、いうならば。肉欲的な愛と、そうだな、いうならば情感的な愛。他者にたいする日常的な思いやり。しかし自分が前のワイフのことをもやはり愛していたはずだと思うと、ときどき不思議な気分になる。確かに彼女のことを愛してたんだ。そいつは間違いない。そういう意味では僕もテリと同じ立場にあると思う。テリとエド」彼はそれについてしばらく考え、それから続けた。「前のワイフを命を賭けて愛していると思えた時期だってあった。でも今ではあいつに我慢ならない。実際の話。そういうのをどう説明すればいいんだろう？　そのときの愛はいったいどうなってしまったんだろう？　僕には全然わからん。誰かに教えていただきたいものだよ。それからそのエドの話だ。よろしい、その話に戻ろうじゃないか。彼はテリのことを強く愛していて、そのために彼女を殺そうとし、最後には自殺を図った」メルは話をやめ、酒を飲んだ。「君たち二人は十八ヵ月生活を共にし、愛し合っている。一目見ればそいつはわかる。君たちは愛の輝きに包まれている。でも君たちは二人とも今の相手と巡り合う前に、それぞれ他の人間を愛したことがあるだろう。君たちはそれぞれに、僕ら二人と同じように結婚の経験がある。そしてたぶんその結婚の前にだって、他の誰かを愛したことがあるだろう。僕とテリは一緒になってから五年、結婚してから四年になる。ただね、こう思うと恐ろしくなっちゃうんだ。それは恐ろしいと同時に善きことでもあるし、また救いと言っても差し支えないかもしれないけど、つまりさ、もし僕らのどちらかに何か起こったら——不吉な話で申し訳ないんだが——もし僕らのどちらかの身に明日まずいことが起こったら、残された方はしばらくは相手の死を哀しむだろう、そりゃね、でもそのうちにまた外に出て、別の誰かを愛し、その相手と一緒になるだろう。今あるもの、僕らが今語りあっているこんな愛もすべて、ただの思い出になってしまうだろう。あるいは思い出にすらならんかもしれない。僕の言ってることは間違ってるかい？　僕は見当違いなことを言ってるかな？　もし間違っていたら正してほしい。僕は知りたいんだよ。要するに僕は何も知らないんだ。僕は進んでそれを認めるよ」

「ねえメル、あなたいったいどうしたの？」とテリは言った。そして手を伸ばして彼の手首を握った。「酔っぱらったの？　ねえハニー、飲み過ぎたんじゃないの？」

「ハニー、僕はただ話しているだけだよ」とメルは言った。「いいかい？　僕は自分が思っていることくらい、酔っぱらわなくたって言える。そうだろ、僕らはただお話をしているだけじゃないか？」メルはそう言って、彼女の顔をじっと見た。

「別にけちつけてるんじゃないのよ、あなた」とテリは言った。

彼女はグラスを手に取った。

「僕は今日は非番なんだ」とメルは言った。「いいかい、忘れないでいただきたいですね。待機してなくていい日なんだ」と彼は言った。

「私たちあなたのことを愛してるわよ」とローラが言った。

メルはローラの顔を見た。彼は誰だかよく思い出せないというような目つきで彼女を見ていた。まるで誰か違う女であるみたいに。

「君のことも愛してるよ、ローラ」とメルは言った。「そして君のこともだ、ニック。愛してる。なあ、いいかい、君らは僕らの友達だ」メルはそう言った。

彼はグラスを手に取った。

メルが言った、「僕は君たちにある話をしようとしていたんだ。つまりだな、僕は君たちにあることを証明しようとしたんだ。このことは二、三ヵ月前に起こった。でもそれは今でも続いていて、この話を聞いたら僕らはみんな恥じ入ってしかるべきなんだ。こういう風に愛について語っているときに、自分が何を語っているか承知しているというような、偉そうな顔をして語っていることについてね」

「ねえ、よしてよ」とテリが言った。「酔っぱらってないのなら、そんな酔っぱらいみたいなまわりくどいしゃべり方しないでよ」

「お願いだからちょっとの間黙っていてくれないか」とメルはとても静かな口調で言った。「僕に少ししゃべらせてくれ。さて、話をつづけると、ある老夫婦が高速道路で事故にあった。車をぶっつけたのは少年で、彼らはみんな目もあてられないようなありさまだった。誰の目にも手の施しようがないように見えた」

テリは我々二人を見て、それからメルを見た。彼女ははらはらしているように見えた。でもはらはらというのは表現としてきつすぎるかもしれない。

メルはみんなに酒瓶を回した。

「その夜、僕は呼び出しのかかる日だった」とメルは言った。「五月か、あるいは六月だった。病院から電話があったとき、テリと僕はちょうど夕食を始めたところだった。で、高速道路の事故のことを知らされた。酔っぱらい運転の少年。ティーン・エイジャーだ。父親のピックアップを運転してて、老夫婦の乗ったキャンピング・カーにぶっつけた。この夫婦は七十代半ばだった。少年は十八か十九かそれくらいで、この子は即死だった。ハンドルが胸骨を突き破った。老夫婦は生きていた。わかるかい？　虫の息だが生きていた。でももうひどいありさまだ。複雑骨折、内臓損傷、出血、打撲傷、裂傷、一切合財、おまけに二人とも脳しんとうを起こしていた。ひどいものだったよ、嘘いつわりなく。おまけにいうまでもないだろうが、その歳だもの、ツー・ストライク絶体絶命さ。女の方が男よりひどい状態だったね。それ全部に加えて脾臓破裂まであった。どちらの膝も砕けていた。でも彼らはシート・ベルトを締めていて、やれやれ、そのせいでとりあえず一命はとりとめたわけだ」

「みなさん、全米交通安全評議会からのおしらせでした」とテリが言った。「お話はメルヴィン・R・マギニス博士でした」テリは笑った。「ねえメル、あなたときどきかなり極端になるけど、でも愛してるわ」

「僕も愛してるよ、ハニー」

彼はテーブルの上に身を乗り出した。テリも身を乗り出して、真ん中で二人は唇を合わせた。

「テリの言う通りだ」とメルは言って、もとの姿勢に戻った。「みなさんシート・ベルトを締めましょう。でも真面目な話、その年寄り夫婦はひどい重体だった。一方、さっきも言ったように、僕が病院に着いたときには少年の方はもう死んでおり、車輪付担架《ガーニー》に乗せられて部屋の隅の方にやられていた。僕は老夫婦を一目見て、緊急病棟の看護婦に、神経科医と整形外科医、それに外科医を二人すぐに呼ぶように命じた」

彼はグラスの酒を飲んだ。「その辺の話は短くしよう」と彼は言った。「そして我々は二人を手術室に担ぎこんで一晩じゅうあれこれと手を尽くした。その二人はまだ信じられないほどの生命力を持っていた。ときどきそういう患者がいるんだ。とにかく我々はできるだけのことは全部やったし、夜が明けるころには死ぬか助かるか五分五分というところまでこぎつけた。女の方は五分五分以下だったかもしれんな。でも何にせよ二人は朝になっても生きていた。それで、やれやれというわけで我々は二人を集中治療室に移した。その夫婦は二週間その部屋でがんばって、あらゆる領域でどんどん回復していった。そこで我々は二人を病室に移動した」

メルは話をやめた。「さてそろそろこの安物のジンを空っぽにして、夕食といこうじゃないか。どう？　テリと僕は新しいレストランを見つけてね、そこに行こうと思うんだ。その新しい店に。でもその前にとにかく、このお粗末なジンを飲んでしまわなくちゃ」

「私たちそこでまだ実際に食べたことないの」とテリが言った。「でもなかなかよさそうな店よ。外見はね」

「僕は料理って好きだよ」とメルが言った。「もう一度生まれ変われるとしたら、今度はシェフになるね。なあ、テリ？」とメルは言った。

彼は笑った。そしてグラスの中の氷を指でからからと回した。

「テリは知ってるけどさ」とメルは言った。「でもテリじゃなく、僕の口から言わせてくれ。もし今度違った時代や場所に生まれ変わるなんてことができたらだね、もしできたとしたらだよ、僕は騎士として生まれ変わりたいね。鎧をごっそり身につけていれば、なにしろ安全だしさ。騎士ってのは悪くないよ。火薬やらマスケット銃やらピストルやらが出てくる以前の世界ではね」

「メルは馬に乗って槍を持ちたいのよ」とテリが言った。

「何処に行くにも女のスカーフを携えていくのね」とローラが言った。

「あるいは女そのものをね」とメルが言った。

「下品」とローラが言った。

「もし農奴に生まれ変わるとしたらどうかしら？」とテリが言った。「当時は農奴にとってはそれほど良い時代じゃなかったはずよ」

「農奴はいつの時代だってひどい目にあってた」とメルは言った。「でも騎士たちにしたところでやはり誰かの入れ物だったんだと思うね。世の中そういうもんだ。違うかい、テリ？　いつだって誰もが、誰かの入れ物にされているのさ。しかし僕が騎士になりたい理由はだな、御婦人方のことはさておき、鎧にすっぽり包まれているってことなんだ。だから傷つきにくい。その当時は自動車なんてなかったし、酔っぱらいのティーン・エイジャーが後ろから突っ込んでくることもなかった」


「家来」とテリが言った。

「何だって？」とメルが訊いた。

「家来」とテリは言った。「それを言うなら家来《ヴァッサル》でしょう。入れ物《ヴェッセル》じゃないわ」

「ヴァッサル、ヴェッセル」とメルは言った。「どっちだっていいじゃないか？　言ってることはわかるだろう？　いいよ、わかったよ。どうせ僕には教養がない。僕は教育をうけたが、要するに心臓外科医だ。単なる技術屋だ。へいへいと出かけていって、あちこちいじくりまわして、縫い合わせるだけだ。わかってますよ」とメルは言った。

「謙遜はあなたに似合わないわよ」とテリが言った。

「この男はただの卑しいのこぎり使いにすぎないんだよ」と僕は言った。「でもねメル、彼らはあの鎧の中でときどき窒息したんだよ。ものすごく暑かったりして、くたびれきっているようなときには、心臓発作だって起こした。前に何かの本で読んだけど、彼らは一度馬から落ちると、へとへとで身につけた鎧が重すぎて、起き上がることもできなかったらしいぜ。馬に踏みつけられたりもしたらしい」

「そいつはひどいや」とメルは言った。「そいつは最悪だ、ニッキー。彼らはただそこにどてっと横になって、誰かが自分たちを串刺ししに来るのをじっと待っていたんだろうな」

「誰か他の入れ物《ヴェッセル》が来るのをね」とテリが言った。

「その通り」とメルは言った。「他の家来《ヴァッサル》がやってきて、愛の名のもとにそいつを槍でぶすりと刺した。あるいは何であれ、当時連中が旗を掲げて戦っていた何かの名のもとに」

「今の私たちだって同じもののために戦っているわ」とテリが言った。

「時代は変われど」とローラが言った。

ローラの頬はまだ赤いままだった。その目はきらっと輝いていた。彼女はグラスを唇に運んだ。

メルは自分のグラスに酒を注いだ。彼はまるで長い数字を検分するみたいに、酒瓶のラベルをまじまじと見ていた。それから瓶をそろりとテーブルに置き、手をゆっくりと伸ばしてトニック・ウォーターを取った。

「その老夫婦はそれからどうなったの？」とローラが訊いた。「話し始めたんだから最後まで話してよ」

ローラは煙草に火をつけるのに苦労していた。彼女のマッチはなかなか火がつかなかった。

ふと気がつくと、部屋に射し込む光はいつのまにか変化して、すっかり弱くなっていた。でも窓の外の葉はまだちらちらと揺らめいていた。それが窓枠やフォーマイカ・パネルのカウンターに模様を描くのを僕はじっと見ていた。もちろんひとつひとつ模様は異なっていた。

「老夫婦はどうなったんだい？」と僕は言った。

「亀の甲より年の功夫婦」とテリが言った。

メルは彼女を睨んだ。

テリが言った、「お話をつづけてよ。ただの冗談じゃない。それでどうなったの？」

「ねえテリ、君ちょっとね」とメルは言った。

「お願い。そんなにいつもいつもムキにならないでよ」とテリが言った。「冗談くらい言ったっていいでしょう」

「冗談にするようなことじゃないんだ」とメルは言った。

彼はグラスを手にじっと妻を見据えていた。

「どうなったの、それで？」とローラが言った。

メルはローラに視線を移した。「ねえローラ」と彼は言った。「もし僕にテリがいないか、あるいは彼女をこれほど愛していなかったら、そしてニックが僕の無二の友でなかったら、僕は君に恋をしていただろうね。君をさっさとかっさらっていたよ」

「話の続きを聞かせてよ」とテリが言った。「それからその新しいお店に食事に行きましょう。それでいい？」

「いいとも」とメルは言った。「どこまで話したっけなあ」彼はしばらくテーブルを眺めてから話の続きを始めた。

「僕は二人の様子を見に毎日病室に寄った。何かついでがあるときには一日二回寄ることもあった。二人とも頭から足の先までギプスと包帯に包まれてた。ほら、よく映画にそういうの出てくるだろう、まったくあの通りさ。小さな眼の穴が二つ、鼻の穴、口の穴。そしておまけに女の方は脚を吊り上げられていた。さて、この爺さんの方がいつまでたってもやたらと気を滅入らせているんだ。女房が快方に向かってるってわかっても、まだ落ち込みっぱなしなんだ。事故のせいじゃないよ。そりゃまあ少しはそれもあるけど、でもそれだけじゃないんだ。僕は彼の口の穴に耳を寄せてみた。すると彼は言った。違います、事故のせいじゃありません。眼の穴から女房の姿を見ることができないせいなんです、それでこんなに辛いんです。なあ信じられるかい？その男は頭を動かして女房の姿を見ることができなくて、だから胸が張り裂けるほど辛いって言うんだぜ」

メルはまわりを見回し、自分が言おうとしていることに対して頭を振った。

「やれやれ、その爺さんときたら、古女房の顔が拝めないってだけでもう、今にも死なんばかりだったんだぜ」

我々はみんなメルの顔を見ていた。

「僕の言いたいことわかるかな？」と彼は言った。

そのころには僕らはいささか酔いがまわっていたかもしれない。いろんなものに焦点をきちんと合わせておくのがむずかしくなっていたと思う。陽光はそれまでずっと射し込んでいた窓から、逆にこぼれ落ちるように去っていった。でもわざわざ席を立って部屋の電灯をつけようとするものは一人もいなかった。

「なあ、このろくでもないジンを空けちまおうじゃないか」とメルが言った。「まだみんなにちょうどひとくちぶんずつ残ってる。そのあと食事にしよう。みんなでその新しい店に行こうぜ」

「この人、落ち込んでるのよ」とテリが言った。「薬をお飲みなさいよ、メル」

メルは首を振った、「薬なんてあるだけ飲んだ」

「誰だって薬を飲みたくなるときはあるよ」と僕は言った。

「生まれつきそういうのが必要な人もいるのよ」とテリが言った。

彼女は指でテーブルの上の何かをごしごしとこすっていたが、しばらくしてやめた。

「何だか子供たちに電話をかけたくなってきたな」とメルが言った。「みんなかまわないかな？　子供に電話をかけるよ」

テリが言った、「マジョリーが電話に出たらどうするのよ？　ねえマジョリーのことはあなたたちにも話したわよね。ハニー、あなたマジョリーとは話をしたくないんでしょう？　もし彼女が出たら今よりもっと落ち込むことになるわよ」

「マジョリーとは口もききたくない」とメルは言った。「でも子供たちの声が聞きたいんだ」

「マジョリーがなんとか再婚してくれないだろうかって、この人が口にしない日は一日としてないのよ。さもなくばいっそ死んでくれないかってね」とテリが言った。「というのは、私たちは彼女のおかげで破産しそうなのよ。彼女が再婚しないのはこっちに対する嫌がらせだってメルは言うの。彼女には恋人がいて、子供たちとも一緒に住んでるの。つまりメルはその恋人のぶんの生活費まで払ってるわけ」

「あの女、蜂アレルギーでね」とメルは言った。「再婚してほしいと祈ってないときは、あんな奴、蜂の群れに襲われてぶすぶす刺されて死んじゃえと祈ってるね」

「まあひどい」とローラが言った。

「ぶうううううん」とメルは言いながら手の指を蜂に見立てて、テリの喉もとに襲いかからせた。それから両手を体の両脇にだらんと下ろした。

「あいつは根性の悪い女なんだ」とメルは言った。「ときどき養蜂業者みたいな格好してあいつのところに行ってやろうかと思うことがある。ほら、あのフェイス・マスクのようなのがついたヘルメットみたいな帽子とか、大きな手袋とか、詰めものをしたコートとかさ、そういう格好して。そしてドアをノックして、巣いっぱいの蜂を家の中に放ってやるんだ。でももちろん、まず最初に家の中に子供たちがいないことを確かめるけれどね」

彼は脚を組んだ。脚ひとつ組むのにもずいぶん時間がかかったみたいだった。それから両脚を床の上に投げだして、前かがみになった。テーブルに肘をついて、両手で顎を支えた。

「やっぱり子供たちに電話するのはやめよう。そんなに良い考えじゃないかもな。まあ、このまま食事にいこうや。どう、それでいいかな?」

「いいとも」と僕は言った。「食べてもいいし食べなくてもいい。それともこのまま酒を飲みつづけようか? 僕は夕日に向かってまっすぐ進んでいけるよ」

「それどういうことなの、ハニー?」とローラが訊いた。

「文字通りの意味だよ、ハニー」と僕は言った。「このまま続けてやっていけるってことだよ。ただそれだけ」

「私の方はおなかぺこぺこ」とローラは言った。「こんなにおなかがすいたのって生まれて初めてじゃないかな。何かつまむものない？」

「チーズとクラッカーでも持ってくるわ」とテリが言った。

でもそう言ったものの、テリはそこにじっと座ったまま立ち上がりもしなかった。何も取りになんかいかなかった。

メルはグラスをさかさにした。そしてグラスの酒をテーブルの上にこぼした。

「ジンはこれにておしまい」とメルは言った。

テリは言った、「さて」

自分の胸がどきどき音を立てて鳴るのが聞こえた。僕はひとりひとりの心臓の鼓動を聞き取ることができた。そこに腰を下ろしている全員の身体の発する物音《ノイズ》を聞き取ることができた。部屋の中がすっかり暗くなったが、それでも誰一人動こうとはしなかった。

もうひとつだけ

One More Thing

ＬＤの女房のマキシンは、ある夜、彼に向かって出ていけと言った。仕事を終えて家に帰ってみたら、ＬＤがまた飲んだくれて、十五歳になる娘のレイをののしっていたからである。ＬＤとレイは台所のテーブルの前で激しく口論していた。マキシンは持っていたバッグも置かず、コートも脱がずにそっちに飛んでいった。

レイは言った、「お母さん、この人に言ってやってよ。私たちがこのあいだ話したことを言ってやって」

ＬＤはグラスを手の中で回していた。でも口はつけなかった。マキシンは刺し貫くような厳しい目で夫を捉えていた。

「お前には何もわからないんだから、余計な口を出すな」とＬＤは言った。「だいたい一日家でごろごろして、星占いの雑誌を読んでるような奴と、まともな話ができるわけないんだ」

「星占いとこの話と、いったいどういう関係があるのよ?」とレイが言った。「変なケチをつけないでほしいわね」

レイといえば、彼女はもう何週間も学校を休んでいた。誰が何と言おうと、もう学校なんか行かないから、と彼女は言った。まったくどこまでいっても悩みのタネが尽きないんだから、私だっていい加減うんざりしちゃうわよ、とマキシンは言った。

「二人とも黙ってよ！」とマキシンは言った。「ああ、もう頭痛がしてきた」

「ねえ、お母さん、言ってやってよ」とレイが言った。「すべてはこの人の頭に問題があるからなんだって。ちょっとでも道理をわきまえた人なら、全ては頭から来ているってことくらいわかるはずなんだけど」

「糖尿病はどうなんだ？」とLDは言った。「癲癇《てんかん》はどうなんだ？　脳がそれをコントロールできるって言うのか？」

彼はグラスをマキシンの目のすぐ下につきつけ、ぐいと飲み干した。

「糖尿病だってそうよ！」とレイは言った。「癲癇だって。何だってそうなのよ！知らないだろうけど、脳は人体でいちばん力を持つ器官なのよ」

マキシンは彼の煙草を取って、火をつけた。

「じゃあ癌はどうだ？　癌は？」とLDは言った。

これで話の決着はついたはずだと彼は思った。そしてマキシンの方を見た。

「何でこんな話になっちまったのか、見当もつかない」と彼はマキシンに言った。

「癌ね」とレイは言って、父親の頭の単純さを嘲笑うように頭を振った。「癌だって同じことよ。癌は脳の中で始まるのよ」

「馬鹿言え！」とLDは言った。彼は平手でばんとテーブルを叩いた。灰皿が飛び上がった。グラスが横倒しになって、ころころと転がった。「お前、頭がいかれちまってるぞ、レイ。お前、それがわかってるのか？」

「うるさい！」とマキシンが言った。

彼女はコートのボタンを外し、カウンターの上にバッグを置いた。そしてLDの顔を見てこう言った、「ねえLD、私はもううんざり。レイだってうんざりしてるし、まわりにいる誰もかれもがあなたにはうんざりしてるのよ。いろいろじっくり考えてみたんだけど、私、あなたにここから出ていってほしいの。今夜よ。この、たった今。とっとと出ていってちょうだい」

LDは家を出てどこかに行こうなんて考えたこともなかった。彼はマキシンから目をそらせて、昼食時からテーブルの上にずっと置いてあるピックルスの瓶を見た。彼はその瓶を手に取って、台所の窓から外に向かって放り投げた。

レイは椅子から飛び上がった、「わあ、この人、頭がいかれちゃってるわ！」

彼女は母親のところに行って、その隣に立った。彼女は口で小さく息をしていた。「警察に電話して」とマキシンが言った。「暴力を振るってるって。怪我させられないうちに台所から出なさい。そして警察に電話してちょうだい」とマキシンは言った。女たちはあとずさりしながら台所を出ていこうとした。

「出ていってやるさ」とＬＤは言った。「今すぐ出ていってやるって」と彼は言った。「こっちにしても願ったりかなったりさ。お前らみんな頭がいかれてる。ここはまるで気違い病院だ。こんなところ出ていけてせいせいするね。まったくの話、こんな気違い病院で暮らすのにもうんざりした」

窓に開いた穴から入ってくる風が顔に感じられた。

「いいとも、出ていってやるさ」と彼は言った。「あっち側にな」彼はそう言って、穴の向こうを指さした。

「どうぞ」とマキシンは言った。

「ああ、行っちまうぞ」とＬＤは言った。

彼はテーブルの上を手で激しく打った。椅子を後ろにはじき飛ばした。そして立ち上がった。

「もう俺の顔を見ることはないからな」とＬＤは言った。

「忘れたくても忘れられないだけのことはしてくれたわよ、あなたは」とマキシンは言った。

「ようし、よく言った」とLDは言った。

「さあさあ、とっとと出ていって」とマキシンは言った。「ここの家賃は私が払ってんのよ。その私が出ていけって言ってるんだから早く出ていけば」

「だから出ていくって言ってるだろう。せっつくな」と彼は言った。「ちゃんと行くって言ってるじゃないか」

「じゃあ黙って行けば」とマキシンは言った。

「何だってんだ、こんな気違い病院みたいなところ」とLDは言った。

彼はベッドルームに行って、彼女のスーツケースのひとつをクローゼットから出した。古い人造革の白いスーツケースで、留め金が片方壊れていた。彼女はそれにセーターやら何やらをいっぱい詰めて大学まではこんだものだった。彼もまた大学に行ったのだ。彼はベッドの上にスーツケースを投げ出し、そこに自分の下着やらズボンやらシャツやらセーターやら真鍮のバックルがついた古い革のベルトやら靴下やら、その他自分の持ち物を詰め込んだ。ベッドサイド・テーブルの上の雑誌も、読むものが必要になったときのために持っていった。灰皿も持っていった。スーツケースに入る大きさで、持ち運べるものなら片っ端から放り込んだ。壊れていないほうの留め金をとめ、ストラップをかけたあとで、洗面用具を入れ忘れたことに彼は気がついた。クローゼットの棚の、彼女の帽子の後ろに、彼のビニールの洗面バッグがあった。そこに剃刀とシェーヴィング・クリームとタルカム・パウダーとスティック・デオドラントと歯ブラシを入れた。歯磨き粉も持っていった。ついでにデンタル・フロスも入れた。

女たちが居間で何やらこそこそと語り合っている声が聞こえた。

彼は顔を洗った。石鹸とタオルを洗面バッグの中に詰めた。石鹸入れと、流しの上に置いてあったグラスと、爪切りと、彼女のアイラッシュ・カーラーも入れた。

洗面バッグのファスナーが閉まらなくなったが、そんなことはどうでもいい。彼はコートを着て、スーツケースを手に取った。そして居間に行った。

マキシンは彼の姿を見ると、娘の肩に手を回した。

「これでおしまいだ」とLDは言った。「もうお別れだよ」と彼は言った。「この先二度とお前の顔を見ることはないだろうという以外に、言うべき言葉もないね。お前の顔もだよ」と彼はレイに向かって言った。「お前と、お前のそのとんちんかんな世界観ともさよならだ」

「行きなさいよ」とマキシンは言った。彼女はレイの手を取っていた。「あなたはこの家の中を十分無茶苦茶にしちゃったでしょう？　だからもうどこかに行っちゃってよ、LD。ここから消えて、私たちにこれ以上かまわないで」

「これだけは忘れないでね」とレイは言った。「原因はすべてお父さんの頭の中にあるのよ」

「出ていく。俺の言いたいことはそれだけだ」とLDは言った。「この気違い病院以外なら、何処だっていい」と彼は言った。「そいつが肝心なことだ」

彼は最後に居間をぐるりと見回した。スーツケースをもう一方の手に移し、洗面バッグを脇の下にはさんだ。「また連絡するよ、レイ。なあマキシン、お前も早くこの気違い病院を出ていった方がいいと思うぜ」

「ここを気違い病院に変えちゃったのはあなたなのよ」とマキシンは言った。「もしここが気違い病院だとしたら、それはあなたのおかげよ」

彼はスーツケースを下に置き、その上に洗面バッグを載せた。背筋を伸ばして、二人の顔を正面から見た。

二人はあとずさりした。

「お母さん、気をつけてね」とレイが言った。

「こんな人、怖くなんかないわよ」とマキシンが言った。

ＬＤは洗面バッグを脇にはさみ、スーツケースを手に取った。

「もうひとつだけ言いたいことがある」と彼は言った。

でもそうは言ったものの、どれだけ知恵をしぼっても、彼にはそのひとつが思いつけなかった。

解　題

村上春樹

この『愛について語るときに我々の語ること』（*What We Talk About When We Talk About Love*）といういかにもカーヴァーらしい、ゴツゴツとした不思議なタイトルを冠せられた短篇集は、一九八一年の四月にクノップフ社から単行本として出版された。カーヴァーにとっては『頼むから静かにしてくれ』（一九七六）、『怒りの季節』（一九七七、これは後に解体されて、収録作品の大半は別の本にばらばらに吸収されることになる）に続く三冊めの短篇集にあたるわけだが、その完成度は飛躍的に高くなっている。別の言い方をするなら、より文学性を増している。前の作品集に見られたざらっとした風俗性や、いささか土臭いユーモア（というか滑稽さ）や、読者への直截的なアクセスが生み出すデスパレートな暴力性はいくぶん薄れ、作者の視点はより普遍的な人の営みの哀しみやおかしみの方に向けられている。このようなパースペクティヴの転換がその後より一層おし進められて、カーヴァー文学の一つの頂点とも言える次の作品集『大聖堂』へといたるわけだ。そういう意味では我々はこの『愛について語るときに我々の語ること』において、カーヴァーの転換期の生々しく鮮やかな息づかいを感じとることができると言ってもいいのではないかと思う。事実、この新鮮にして大胆な短篇集は、八〇年代を通して、自分たちの世代の新しい文学表現方法を模索する若いアメリカの作家たち（あるいは作家志望の人々）にカルト的と言ってもいいほどの強い影響を及ぼすことになった。もっとも訳者の感想を述べさせていただくなら、ここにはクラシックとして後世に残るであろう作品もいくつか含まれているが、それと同時に、後のカーヴァーの実力からすると、やはりもう一息だなと感じる作品もないではない。

しかし『大聖堂』以降のいかにも大家の風格を身につけた、いわば「全国区」的カーヴァーより、いくぶんの生硬さを残したこの作品集のイキのいい味わいの方をより好まれる読者がいらっしゃったとしても、何の不思議もないと思う。それはあくまで文学的な好みの問題である。またある種の人々はこの作品集の特色を「ミニマリズム」という用語で呼びもする。しかし、いつも感心するのだけれど、文学的好みや客観的な評価がどうであれ、カーヴァーの短篇の一つ一つには本物である何かがきちんと含まれている。もしその作品に何かしらの疵《きず》が見受けられたとしても、その小世界を奥の方までたどっていくと、そこには物語の魂がひっそりと真実の水を溢れさせている。そして出来不出来とは関係なく、その魂が知らず知らずのうちに読者を納得させ、信用させるのである。それはカーヴァーが身銭を切って獲得した、彼にしか解読できない秘密の水ともいうべきものなのだ。

小説家と読者との良き関係は、いわば信用取引のようなものだ。作家が読者の信用を得るためには、長い歳月と血のにじむような努力が必要とされる。しかしひとたびそれを獲得すれば、作家は自分の文学的アイデンティティーをはっきりと世界に刻印することができる。作家と読者とのあいだの無言の連結感は作家に確固たる地面を与え、作家はそれを土台として才能をより大きく開花させ、新しい領域に向かって手をのばすこともできる。カーヴァーがこの短篇集の出版によって確立したのはその文学的信用であり、彼が手に入れたのはまさにその信用取引の信任状であった。そしてこの短篇集はまた、レイモンド・カーヴァーの輝かしき「セカンド・ライフ」の第一歩でもあったのだ。

ここに収録された短篇のほとんどは一九七七年から八一年にかけて執筆された。カーヴァーは一九七〇年代の中ごろの時期を（つまり『頼むから静かにしてくれ』『怒りの季節』が出版された前後だ）様々なかたちの肉体的、精神的ストレスに苦しめられて過ごした。この時期には彼はあまり旺盛な創作活動を行っていない。せっかく念願の文壇デビューを果たしたというのに、その後何年かにわたって有効にキャリアを発展させることができなかったのである。妻と子供たちとの不和に悩んだカーヴァーは、一九七六年から翌年にかけて、急性アルコール中毒のために実に四度も入院を繰り返している。彼がそのときに死ななかったのはまさに奇跡であった。

彼がテス・ギャラガーと巡り合ったのは一九七七年のことで、彼はそれと前後してアルコールを断ち、精神的にも徐々に立ち直り、新しい生活と新しい文学的キャリアに足を踏み入れていくわけだが、そういう前向きの心持ちがこの作品集にもはっきりとあらわれている。

なお、ここに収められた作品には数多くのヴァージョン違いがある。これはアメリカの作家としてはかなり異例のことだが、カーヴァーはことあるごとに既に発表された作品に手を入れ、それを違う雑誌に発表したり、違う作品集に収録したりした。大きくがらりと改変されたものもあるし、字句を細かくいじっただけのものもある。とくにこの『愛について語るとき……』にはそういうヴァージョン違いがたくさん含まれている。そのいちばん大きな原因は、この時期のカーヴァーが作家として大きく転換し、急激な速度で成長していたからである。彼は既に発表したものを書きなおすことによって、自分の軌跡を再確認していたといっても差し支えないだろうと思う。

またこれらの作品のほとんどは「ニューヨーカー」や「エスクァイア」といった全国的なメジャー誌にではなく、一般的な読者の目には触れにくいローカルな文芸誌に掲載されていた。だからそれに手を入れて他の雑誌に改稿・転載することも比較的自由であったわけで、それもカーヴァーが改稿につぐ改稿をおこなった理由の一つであるかもしれない。

この本の出版されたあと、「ミニマリズム」の是非という論点から単純にカーヴァーの文学をさばいて、さっさとかたづけてしまおうと試みた批評家も世間に数多くいた。しかしそういう流れも、やがて圧倒的多数の読者のストレートな共感の中に埋もれて、自然に消滅していった。そして今ではミニマリズムという言葉さえいささか時代遅れで滑稽なものになってしまった。しかし今の時点から公正に振り返ってみれば、この短篇集にはたしかにいささかの「つけこまれる余地」があったかもしれない。カーヴァーの筆は鮮やかな鋭さを持って世界に切り込んでいくが、そのあまりの鋭さは、ときとしてある種の強引さともなり、ある場合には作品のバランスを崩し、その視野をいくぶん狭めもした。またそれは新しいテーゼであったがゆえに、一部の批評家の反発を買うことになった。

しかし我々が理解すべきことは、カーヴァーにとってはその「ミニマリズム」世界が決して彼の文学的到達点ではなかったということだ。彼にとってそれは一つの通過点に過ぎなかったのだ。それはいうなれば、既存の小説のスタイルから抜け出し、彼自身の文学世界を確立するための大いなる産みの苦しみに過ぎなかったのだ。

ヴァージョンの種類についてはカーヴァーの研究家であるウィリアム・L・スタル氏のビブリオグラフィーを参照した。


『ダンスしないか?』

一九七八年版と一九八一年版の二版がある。短い作品だが、文章に無駄がなく、見事な出来である。こういうものはこう書けばいいという、お手本のような書き方だ。シュールレアリスティックに奇妙なシチュエーション、簡潔にして鮮やかな情景描写、読者の身を乗り出させるような巧みなストーリー・テリング。状況説明は大胆に省かれているが、その切り詰め方は決して不親切ではない。読者にはその省かれた部分を十分想像することができる。そしてその想像するという行為が、作品に含まれるいたたまれなさをより深いものにする。これほど短い小説の中にこれほど深い絶望を表現できる作家は、おそらくカーヴァーの他にはいないだろう。
「ヤード・セール」という言葉は日本では「ガレージ・セール」ほど一般的ではないが、適当な訳語がないのでそのまま使用した。説明の必要もないかもしれないが、庭に個人的な持ち物を並べて道行く人に売ることである。

『ファインダー』

『ダンスしないか？』と同じく、妻子に捨てられた中年男という典型的なカーヴァー的シチュエーション。この作品も同様に短く、そしていかにも暗示的である。説明はさっぱりと省かれている。正直なところあまりに暗示的すぎていささか首を捻ってしまう箇所がないではないが（そういうところは『ダンスしないか？』のほうがすっきりといっているように思える）、話としては面白い話である。ひとりで鬱々として家に籠もっていると、両腕のない写真売り屋（こういう職業が世の中に存在するということにまず啞然とさせられる）がやって来るという出だしはなかなか新鮮である。設定は奇妙だけれど不思議にあざとくない、というのがこの作家の人徳であろう。

『ミスター・コーヒーとミスター修理屋』

これもまた短い作品。『みんなは何処に行ったのか？』というタイトルの別のヴァージョンが『ファイアズ』に収録されている。これも何度読み返しても不思議な感じのする短篇である。失業している男。母親のところに行くと、彼女は知らない男と寝ている。妻は他の男と浮気している。その相手の男もやはり失敗者である。そういういくつもの事実が、たたみかけるようにばらばらと列挙してあるだけである。まるで悲劇のショウケースのダイジェスト版みたいに……。こういうのはまずレイモンド・カーヴァーにしか書けない種類の話だし、我々としてはただ恐れいって読むしかないだろうと思う。微妙な筆のぶれかたが魅力だが、小説家を志す若い人々のお手本にはあまりならないだろう。

『ガゼボ』

ガゼボとはいわゆるあずまや。「主として庭に建てられた屋根つきの小屋。人々はそこに腰を下ろして風景を眺める」とロングマンの現代英語辞典にある。古く優雅な、そしておそらくカーヴァーの小説世界からは、対極と言ってもいいくらい遠く離れた地点に存在するであろう風物である。この小説の根底には、そういうものに対する見果てぬ夢、あるいは憧憬といったものが存在しているように思える。ちょうどジェイ・ギャツビイが海峡の向こうに毎夜眺めた緑の灯火と同じように。

モーテルの管理人をやっている夫婦（というシチュエーションは『大聖堂』に収められた『轡《くつわ》』にもあった）、夫である主人公の浮気がばれて、それで何もかもが駄目になってしまう。駄目になってしまったものは駄目になってしまったもので、それはもうどう手を尽くしても修復できないし、再生もできないものなのだ。それはいわばもう決定されたことなのである。妻は酒びたりになりながら夫に向かってこう言う、「私の中で何かが死んでしまったのよ……それには長い時間がかかったわ。でもとにかく死んでしまったのよ。あなたが何かを殺したのよ。まるで斧をふりおろすみたいに。今では何もかもが汚れてしまった。……あなたは信頼する心というものを殺してしまったのよ」

このような、一種宿命的な苛烈さはこの時期のカーヴァーの小説世界の特徴である。後期の彼の作品にも同じようなシチュエーションは繰り返し登場するが、そこには救いとまでは言えずとも、少なくとも救いの予感（あるいは予感の可能性）のようなものがある。しかしそれはまだここにはない。ここでは人々は出口を持たない。

僕がこの小説で好きなのは、どうしてこの小説のタイトルが「ガゼボ」なんだ、というぶかりながら読んでいて、最後の方になってやっとなるほどそういう展開だったのかと肯かされるところである。また実際、彼女が最後に唐突に持ち出すガゼボにまつわる思い出話が、この「ガゼボ」という短篇のストラクチュアをぴしっと引き締めている。話としては暗いのだが、不思議に瑞々しく哀しい小説に仕上がっている。

『私にはどんな小さなものも見えた』

なめくじの話。この短篇には例によって別のヴァージョンがあり、そちらの方の題は『いいもの見せてあげるよ（Want To See Something ?）』という。どちらも――『私にはどんな小さなものも見えた』の方がまだいくぶんまともだとは思うけれど――いかにもカーヴァーらしい奇妙な、癖のあるタイトルである。正直にいって、僕はこのようなカーヴァー氏のタイトルのつけかたに対しては、時折、あきらめがちではあるけれど、いささかの異論をもつ場合が多い。異論とまではいわずとも、かなり深い角度に首をひねってしまう場合が多い。もし僕がこれと同じ話の展開の短篇を書いたら、題はたぶん単純に『なめくじ』にするんじゃないかと思う。我々があとになってこの小説を思い出すときに、まず頭に浮かぶのは、月光の下でくねくねと蠢《うごめ》いているなめくじの群れの光景だからだ。それはあくまで「あのなめくじの話」なのだ。もっとも「何を言うか、こういうコリコリとねじれた不思議な題がいいんだ」という熱烈なカーヴァー・マニアがいらっしゃったとしても決して驚かないけれど。

『菓子袋』

これも不思議なタイトル。原題は『Sacks（袋）』だからもっと不思議で、もっと即物的である。空港のバーで、父親が息子に向かって自分が妻と（つまり息子の母親と）別居するにいたった経緯を語る。父親はあるいは息子とのあいだに大人どうしの感情のコミュニケーションを求めているのかもしれない。あるいは誰でもいいから、ただ誰かに打ち明けて話してしまいたいだけなのかもしれない。でもいずれにせよ、それを聞いている息子の方はかなり無感動である。なかなか聞きごたえのある面白い話なのだが、ほとんど真面目に聞いていない。息子は父親の浮気の話になんて興味もないのだ。彼は飛行機の時間のことばかり気にしている。しかし父親の不幸はまるで呪いのように息子の運命にもふりかかってくる。息子はそれに気がつかないだけなのだ。やがて彼もまた父親と同じような寂寞とした思いを抱いて生きざるをえなくなるのだ。そこには共感もないし、同情もない。

面白い筋だし、よく書けている。主人公が空港に忘れてきた菓子袋が、読み終えたあと、たしかに何かのしこりのように読者の心に残る。この作品は『怒りの季節』にかつて『浮気（The Fling）』というタイトルで収録されていた。話の流れはほぼ同じだが、『浮気』から『菓子袋』に移行するにあたって、カーヴァーはかなり大胆に細部の文章を切り詰めている。前者では父と子供の心の交流がもう少し深く描かれている。息子は父に対してもっとシンパシーを抱いている。前者の方が短篇としてはよりストレートであるが、キレはたしかに後者の方がずっといい。しかし個人的な感想を言わせていただくなら、削るという方向に頭が行ってしまっているせいで、微妙な部分でほんの数ミリ、ノミの先が突っ込みすぎているかなという感じはある。もう少し温かいタメをそこに残しても（あるいはあらためて加えても）よかったのではないかという気がする。後期のカーヴァーなら、おそらくそういう方向に持っていっただろう。

『風呂』

『大聖堂』に収められた『ささやかだけれど、役にたつこと』のショート・ヴァージョンである。『大聖堂』の解題にも書いたけれど、数多くあるカーヴァーのヴァージョン違いの中ではこの作品のヴァージョン違いがいちばん大きな問題になっている。二つのヴァージョンがそれぞれに強い優れた個性を持ち、それぞれの強い支持者を獲得していることがその原因である。たしか両方とも、それぞれの年の年間ベスト短篇集の作品に選出されているはずである。

ひとことで言うならば、『風呂』はカーヴァーのシュールレアリスティックでスピーディーで硬質な側面を打ちだし、『ささやかだけれど……』はもっとストレートで人間味のあるストーリー・テラーとしての側面を打ちだしているということになるだろう。どちらもが、それぞれの時期のカーヴァーの代表作の一つといってもいい出来になっている。『大聖堂』の解題にも書いたように、訳者の個人的な好みは後者であるし、作者自身がファイナル・ヴァージョンとして選んだのも後者である。そして後世に残るのもおそらく後者だろう。しかし前者の（つまり本書に収められた版の）見事にアグレッシヴな小説作法を高く評価する批評家も数多く存在している。ただ一つ確実に言えることは、たとえ読者が結果的にどちらの版を取るにせよ、その二つの作品はこの先も、カーヴァーの小説の秘密を解き明かそうとする人々によって常に併読され、読み比べられていくであろうということだ。

『大聖堂』の解題を書いたあとで、新しく判明した事実を一つ付け加えておく。スタル氏によれば『ささやかだけれど……』はこの短篇集に収められた『風呂』をリヴァイズしたものではなく、もっと先に「コロンビア」という雑誌に発表された版の『風呂』をリヴァイズしたものである。残念ながら未読だが、「コロンビア」版は『愛について語るとき……』ヴァージョンよりもずっと長く、内容も『ささやかだけれど……』により近いそうである。つまりカーヴァーは長いオリジナルA（ストレート版）をいったん短くしてBにしたのだが（ミニマリズム版）、もう一度オリジナルのAをもとにして改良ストレート版Cを出したということになる。とすると、これは僕がテス・ギャラガーから聞いた話にもちゃんと合致することになる。

『出かけるって女たちに言ってくるよ』

雑誌掲載時のタイトルは『友だち』。これも息が詰まりそうな、きつい内容の話である。アメリカの地方都市。仲の良い友人である二人の男。一人は外向的で、もう一人はちょっと気の弱いところがある。幼いころからの親友で、結婚して子供ができても、まだ家族どうしで親しく付き合っている。相性がいいのだろう。どちらの人生も、とくに成功した人生とは言えないにせよ、世間並みの不足のない人生である。どちらの家庭にも、外から見ているかぎり、問題らしい問題はない。アメリカのどこにでも見受けられるごく当り前の庶民の姿である。しかし一人の男の暗い心の底では、満たされぬ獣性がその首をもたげつつある。本人にもそれを制御することはできないし、友達にはそれを理解することができない。

　以前この短篇を訳したとき、最後の文章はいったいどういうことを意味するのかという質問を方々で受けた。いかにもカーヴァーらしい、説明を徹底的に省いた象徴的な謎かけのようなエンディングで、読者としてもいささか狐につままれたような感があるのだろう。こういう部分は翻訳がいちばんむずかしい。この時期のカーヴァーはとくにエンディングでの省略の効果に凝っていた。話をどんどん進めていって、最後にぽんと読者を放り出してしまう。そういうのがぴたりとうまい効果を発揮する場合もあるし、もう一つうまくいかない場合もある。この短篇ではそういう手法は、いささか強引ではあるにせよ面白い効果を上げているように訳者は感じるのだが。

　最後の一行は、もちろん彼らが二人の女たちをレイプし（あるいはレイプしようとして）、石で殴り殺したことを示唆している。怖い話である。殴り殺した方ももちろん怖いけれど、その友達に合わせてずるずるとそこまで付き合っていくもう一人の気弱な男の存在も不気味である。

　僕はこの短篇を個人的には『石』と名づけている。ユーモアのかけらもないカーヴァーの「ダークサイド・ストーリー」だが、文章の抑制がきいた好篇だと思う。

『デニムのあとで』

これもかなり不思議なタイトルだ。地域コミュニティーによって開催されるビンゴ大会に毎週出席することを楽しみにしている中年の夫婦。しかしある日、デニム服を着た若いカップルと同席したことによって、そのビンゴの夜は彼らにとって惨めきわまりないものに変わっていく。夫はこれといった理由もないのに、そのカップルのことが気になってしかたない。若い二人の一挙手一投足が気に入らない。着ている服や、恐れを知らぬ振舞いが不快でしかたない。やがて彼は若いカップルがゲームでいんちきをやっていることに気づく。彼は妻にそれを指摘する。しかし妻はとりあわない。他人のことは放っておきなさい、と彼女は言う。でも彼のほうはそれが気になって、ゲームに神経を集中することができない。そうこうするうちに、こんどは妻の体の変調が出てくる。子宮癌か何かそういうものの徴候らしい。

この短篇の最初のタイトルは『コミュニティー・センター』であった。人生の果てまできてしまったような絶望と疲弊の中で、主人公は若いカップルに静かな呪いをかけ、妻が眠ってしまったあと、ひとりで黙々と刺繍に耽る。これもありきたりの善男善女の世界における、癒しがたい暗闇を描いた作品と言えるだろう。

『足もとに流れる深い川』

題を直訳すると、「家のこんなに近くに、こんなにいっぱい水があるのに」ということになる。いかにも象徴的な題だが、日本語に訳すのはむずかしい。これは僕が生まれて初めて読んだカーヴァーの作品であり、初めて訳したカーヴァーの作品でもある。とてもよく書けた短篇だし、女性を主人公にした一連の作品の中ではおそらくベストであろう。もっとも僕が読んだのは（そして訳したのも）『怒りの季節』に収められたロング・ヴァージョンの方で、本書『愛について語るときに我々の語ること』に収められているのはショート・ヴァージョンである。

発表順でいくと、ロング・ヴァージョンの方が先になる。『風呂』の場合と同じように、カーヴァーはその肉づけを徹底的にそぎおとして、ところどころで白い骨までが見えるいわゆる「ミニマリズム・ヴァージョン」を作ったわけだ。ショート・ヴァージョンではテンポはたしかによくなっているし、象徴性も強くなっている。読者の勝手な甘えを突き放してしまう鋭さがある。しかし短いぶん、時間の経過にしたがって主人公の女性の気持ちが少しずつ少しずつぶれていく微妙な緊迫感が、もうひとつ読み手に伝わってこないうらみがある。ショート・ヴァージョンではところどころに、この女性が意味のない強引な振舞いをしているようにしか見えない部分が出てくるが、これはおそらく作者の意図にはそわないことだろう。

夫が友人たちと釣りに行って、川で少女の水死体を見つける。しかし彼らは釣り旅行をふいにするのが嫌で、その死体の発見をすぐに警察に通報せず、死体をそのままにして釣りをつづける。妻はその事実を知ってショックを受ける。幼い日に経験した殺人事件の記憶がよみがえってくる。彼女には自分自身を抑えることができない。これまでは何ということもなくごく普通に送ってきた日常生活の細部が少しずつ耐えがたいものに変質していく。夫が異質な世界に属する見知らぬ人間のように思えてくる。自分自身の存在位置を見定めることがだんだん困難になってくる。

ロング・ヴァージョンとショート・ヴァージョンのいちばん大きな違いは、最後の部分である。少女の葬儀から戻った妻は、ロング・ヴァージョンにおいてはドアに鍵をかけて何日も強固に夫を拒否しつづけるのだが、ショート・ヴァージョンにおいては、彼女は無気力に夫を受け入れる。空洞を胸に抱きつつも、彼女には何もすることができない。ただ夫にブラウスのボタンを外され、抱かれるだけである。もちろんこれも好みの問題であるけれど、後者のエンディングにはいささか啞然となさる読者も多いのではないだろうか。

批評家のマーズ＝ジョーンズはこの短篇集『愛について語るときに我々の語るこ

と』についてこんな風に言っている。「カーヴァーのようなタイプの作家にとってはエンディングとタイトルは大きな問題とならざるをえない。というのは批評家や読者はエンディングとタイトルを重視し、そこから小説の意味を読み取ろうとする傾向が強いからである。だからこそカーヴァーはエンディングをエニグマティックに、あるいはいささかシュールレアリスティックにさえしてしまい、奇妙にずれたタイトルをつけるのである」

マーズ＝ジョーンズが言いたいことはわからないでもないが、その時期のカーヴァーにそれほどの明確な意思があったとは僕には思えない。それよりは、その時期のカーヴァーの作家としての生理に、おそらくそういうエニグマティックでシュールレアリスティックな題とエンディングがいちばんぴたりと合っていたと考えた方が自然だろう。もっとも、そういう時期も長くは続かなかった。次の『大聖堂』においては、題もエンディングもずっとシンプルでストレートなものに変貌をとげている。そういうシンプルでストレートな形式でも、カーヴァーはきちんと正面から独自の勝負をかけられるようになったのである。

『私の父が死んだ三番めの原因』

これも見事に不思議なタイトル。オリジナルのタイトルは『ダミー』で、こちらのヴァージョンは『怒りの季節』に収録されている。

ダミーと呼ばれる耳の不自由な製材所の雑用係が、自分の家の裏にある池でバスの養殖を始める。しかしダミーはその養殖にあまりにも深くのめりこんでいく。そしてやがて魚以外の誰をも信用しないようになってしまう。彼の若い妻は他の男たちと奔放に遊び歩いている。そして最後に、唐突に悲劇がやってくる。洪水が魚たちを川に押し流してしまったあと、ダミーはハンマーで妻を叩き殺し、自分も池に身を投げて死ぬ。主人公の少年と彼の父は、そんなダミーの運命を傍らから見ている。彼らはなんとかダミーを助けようとはしたのだ。しかし彼らの手ではダミーの運命を変えることはできなかったのだ。とはいっても彼らもまた無傷ではない。ダミーの死んだあと、父親の運命もまた大きく狂い始める。まるでダミーの執念が彼の運命を暗闇の中に誘いこんでいったかのように。カーヴァーの小説にはよくこのパターンが見受けられる。運命が誰かを悲劇的に飲み込む。そしてその悲劇はそれだけでは終わらず、ついでにまわりの人間たちをも飲み込んでいく。それはある意味では理不尽な連鎖である。しかしその理不尽さは奇妙なほどリアルである。まるでギリシャ悲劇のようなあらぶれた悲しみがそこにある。

「友達が死ぬとそんな風になってしまうのか？　あとに残った友人に、死者は悪運を残していくのだろうか？」

砂利採掘のあとにできた深い人工池に放たれた無数の稚魚たちのイメージが鮮烈である。


『深刻な話』

こういう話はまさにカーヴァーの独壇場である。他の誰にもこうは書けない。情けない男の情けない話といってしまえばそれまでだが、人生と真剣に渡り合わねばならないぞと一人の男が腹をくくる前の空白の、一瞬の弛緩と混乱をこの短篇はそれなりに鮮やかに切り取っている。


『静けさ』

この短篇集の中でも、訳者がとくに個人的に好きな短篇の一つである。ヘミングウェイの影響をいくぶん残したような感はあるが、最後の一節がまるで詩のように優しく哀しく、きちんとしたカーヴァー独自の世界として成立している。だらだらと血を流し、山の中で苦しみながらゆっくりと死んでいく鹿の姿が、余命いくばくもない老人の孤独な姿とぴたりと重ね合わされているわけだが、それが変にあざとい仕掛けになっていないところがとてもいい。しかしこういう田舎町の床屋の風景なんかを描かせると、この作者はほれぼれするくらいうまい。品の良い線描を思わせるような、実に簡潔にして要をえたカーヴァーの風景画家としての才能は、そのストーリー・テリングの才とともに高く評価されていいのではないかと思う。本当に言葉の少ないシンプルな描写なのだが、眼前にその風景がすっと浮かんでくるのだ。この人は若いころに相当じっくりとへミングウェイを読み込んだのではないかという気もする。

『ある日常的力学』

原題は『ポピュラー・メカニックス』つまり「工学入門」といったニュアンスである。そういう題の雑誌も存在する。なかなかシニカルなタイトルだが、ただしこのタイトルもいくつかの紆余曲折を経ている。最初のヴァージョン（『怒りの季節』に収録）のタイトルは『私のもの（Mine）』、二つめのヴァージョンのは『ささやかなこと（Little Things）』である。しかしこの『ポピュラー・メカニックス』という題は即物的な冷たさがあって、なかなか悪くない。短い作品の多いカーヴァーにしても思い切り短い小説で、『Sudden Fiction 超短編小説70』（文春文庫）という超ショート・

ショートを収めたアンソロジーにも収録されている。

『何もかもが彼にくっついていた』

十八歳と十七歳の少年と少女が結婚する。そしてすぐに子供が生まれる。でも彼らにはまだタフでリアルな人生に入っていく準備ができていない。子供を育てる以前に、彼ら自身がまだ子供なのだ。しかし彼らがそこに入っていかなくても、やがて人生の方が彼らを迎えにくる。そしていつしか二人は失われていく。自分たちがそんなに深く失われてしまったことを二人が気づきもしないうちに。カーヴァー自身のかつての人生を切り取ったような、激しい痛みのある作品である。『怒りの季節』に収録されたヴァージョンの題は『隔たり（Distance）』であった。

『愛について語るときに我々の語ること』

この短篇集でいちばん長い短篇であり、また表題作でもある。出来も良い。しかしこれは傾向からいえば、ここよりは『大聖堂』に入れた方がふさわしい作品ではないだろうか？　本書に収められた他の作品にくらべて、この短篇は話の展開が複合的であり、ストーリー・テリングの息が長く（陸上競技でいうと中距離的な息づかいになっている)、テンションを高めるために話の筋を切り詰めた部分が少ない。そしてそれらの特色はまさに『大聖堂』を特色づけているポイントに他ならないのである。

ここで語られているテーマは、タイトルにもあるようにまさに「愛」である。四人の男女がそれぞれに愛についての思いを語る。あるものは屈曲した愛であり、あるものは失われ、損なわれた愛であり、あるものは常識で測ることのできぬ愛であり、あるものは憎しみに転じてしまった愛である。しかし彼らはだれもが真剣に愛と救済を求めている。渇望し、希求している。運命がどれほど熾烈なものであれ、彼らはなんとかそこに出口を見出そうと努めている。そしてそのドアが愛という記号を通してしか開かないことを彼らは感じている。それはあるいは見果てぬ夢であるかもしれない。しかし彼らの語る愛に対する思いのシリアスさは、この短篇集の他の作品においては見受けられないような率直な力をもって、読者に訴えかけてくる。カーヴァーという人間の内部でずっと続けられてきたシニシズムと救済の葛藤が、この作品においてははっきりと救済の方向に傾いている。それは明らかに一つの徴候であるように訳者には感じられる。そしてそれは一種の宗教的な光のようなものでもある。

『もうひとつだけ』

再び登場する情けない男の情けない話。読んでいてうんざりして、読み終わったあとで思わず笑ってしまう。いかにもカーヴァーらしい勢いのある一筆描きだが、内容にはさして新味はない。

＊

この解題は「レイモンド・カーヴァー全集」の第二巻のために書かれたもので、ライブラリー版刊行にあたって細かい部分に手を入れた。なお、本書に収められた作品も、多くの部分に改訳の手が入っていることをお断りしておく。

『愛について語るときに我々の語ること』（「レイモンド・カーヴァー全集　第二巻」一九九〇年八月中央公論社刊）ライブラリー版刊行にあたり訳文を部分的に改めました。

（編集部）

装幀・カバー写真　和田誠